Dos cuentos
de Vacaciones
Relatos pseudocientíficos

Santiago Ramón y Cajal

Dos Cuentos
de Vacaciones
Relatos pseudocientíficos

GARAJE

Primera Edición: octubre de 2024
Diseño de portada y maquetación: Josu Gastón

El Garaje Ediciones, S.L.
C/ Cacereños 54, local 4 28021 Madrid
www.elgarajeediciones.com
Tfnos.: 91 798 69 11 • 600 241 668

ISBN: 978-84-126213-9-6
Depósito Legal: M-22326-2024
Imprime: SAFEKAT
Impreso en España

Índice

Nota de la editorial

Hace muchos años (creo que fue durante el 85 u 86) escribí una colección de doce apólogos o narraciones semifilosóficos y seudocientíficos que no osé llevar a la imprenta, así por lo estrafalario de las ideas como por la flojedad y desaliño del estilo. Hoy, alentado por el benévolo juicio de algunos insignes profesionales de la literatura, me lanzo a publicarlos, no sin retocar algo su forma y modernizar un tanto los datos científicos en que se fundan.

(Santiago Ramón y Cajal)

Los dos cuentos seleccionados, *A secreto agravio, secreta venganza* y *El fabricante de honradez,* forman parte de una pequeña colección de cinco relatos publicados en 1905 bajo el título genérico de CUENTOS DE VACACIONES, con el subtítulo de "narraciones pseudocientíficas" que hemos mantenido. La colección tuvo varias ediciones, algunas de ellas en la muy prestigiosa colección Austral, de la editorial Espasa &Calpe.

A destacar y entre otros rasgos, en las narraciones seleccionadas, la ironía, no demasiado frecuente en nuestra literatura, soterrada y profunda que podemos encontrar en ambas.

Al magnífico prólogo, erudito y riguroso de Rafael Huertas, Profesor de Investigación en el Departamento de Historia de la Ciencia del Instituto de Historia del Consejo Superior de Investigaciones Científicas (CSIC), hemos incorporado una curiosísima aportación del fotoperiodista Javier Rodríguez Coria (1958 / 2019), autor en nuestra editorial de *Epitafios, la voz de los cementerios* y coautor de *Carvalho, biografía de un detective de ficción.*

Rodríguez Coria fue un admirador y estudioso de la vida y de las variadas y poco conocidas indagaciones que llevó a cabo Ramón y Cajal que hoy podrían sorprender a más de un lector o a quienes se hayan interesado exclusivamente por la labor científica de nuestro muy prestigioso Premio Nobel 1906. Indagaciones y experiencias que muestran el espíritu inquieto y polivalente de nuestro científico y que le hicieron incursionar en terrenos una tanto sorprendentes como comprobaremos en el estupendo texto de Coria

El Garaje Ediciones

A MODO DE PRÓLOGO
Rafael Huertas

En torno a la novela científica

Con la fundación en 1872 de *Popular Science*, la primera revista dedicada a la divulgación científica, se inicia toda una tradición literaria en la que se pretende plasmar los conocimientos científicos y técnicos de forma amena y didáctica. No puede olvidarse, en este sentido, la importante labor de Camille Flammarion, cuya obra divulgativa de la astronomía es considerada pionera. Sus libros, entre los que podemos destacar *L'Atmosphère: Météorologie populaire* (1888), fueron publicados por su hermano Ernest Flammarion, precisamente el editor de Émile Zola, un autor que con su propuesta de "novela experimental" -influida por la ciencia del momento y, en particular, por el método experimental del fisiólogo Claude Bernard- había dado lugar al naturalismo literario.

Ahora bien, junto a los ensayos de popularización científica y a la novela naturalista, debemos tener en cuenta la llamada novela científica, un género que considera el relato novelado un soporte ideal para la divulgación de las ciencias. La novela científica se verá influida por la ciencia positivista, es decir, por la observación, descripción y análisis de los hechos naturales y sociales, pero también por un sentimiento utópico y romántico. Julio Verne y H.G. Wells aparecen como máximos representantes de dicho género que se funde con la novela de aventuras y que aparece como precursor, aunque todavía con diferencias importantes, de la ciencia ficción. En definitiva, y aunque con antecedentes verdaderamente notables, como el *Robinson Crusoe* (1719) de Daniel Defoe, la ciencia y la técnica impregnaron buena parte de la producción literaria de la segunda mitad del siglo XIX. En España, la ciencia y, de manera particular, la medicina tiene una clara presencia en las novelas de Galdós o de Pardo Bazán, por poner dos ejemplos significativos.

En un plano narrativo algo diferente, que es el que nos interesa en este momento, podemos considerar las aportaciones de médicos prestigiosos que hicieron incursiones en la literatura con la pretensión de escribir novelas científicas. No se trata en estos casos de médicos convertidos en novelistas como Pío Baroja o Felipe Trigo, sino de facultativos cuya pretensión, con independencia de las veleidades literarias que pudieran tener, no era tanto hacer Literatura sino utilizar ésta como vía de divulgación de determinados aspectos del conocimiento científico. Ejemplos elocuentes de estos intentos pueden ser *Un habitante de la sangre (Aventuras extraordinarias de un glóbulo rojo)* (1873) de Amalio Gimeno, las tres novelas de Juan Giné i Partagás: *Un viaje a cerebrópolis. Ensayo humorístico de dinámica cerebral* (1884), *La familia de los Onkos* (1888) y *Misterios de la locura* (1890) y, naturalmente, la colección de relatos que Santiago Ramón y Cajal publicó en 1905 con el título *Cuentos de vacaciones. Narraciones pseudocientíficas*. Dos de estos relatos son los que se reproducen a continuación, pero antes de referirnos a ellos de manera específica, veamos sus connotaciones en el conjunto del pensamiento de su autor.

El histólogo que quiso ser artista

Santiago Ramón y Cajal ha pasado a la historia de la ciencia y de la medicina por sus investigaciones sobre la estructura del sistema nervioso por las que obtuvo, como es sabido, el Premio Nobel en Fisiología y Medicina –compartido por Camilo Golgi- en 1906. Sin embargo, de manera complementaria al Cajal científico, existe un Cajal pensador, interesado por el arte y la literatura y con una gran vocación pedagógica. Según refiere el propio Ramón y Cajal en sus *Recuerdos de mi vida*, ya desde su infancia mostró afición y habilidad para el dibujo. Durante sus estudios de Bachillerato en Huesca se matriculó en una academia de dibujo dirigida por el pintor León Abadías, quien apreció sus dotes artísticos y le animó a seguir estudios de Bellas Artes. Sin embargo, la negativa de su padre, que insistió en que estudiara medicina, le alejó de una carrera artística pero no de la práctica del dibujo y de la pintura, que siguió practicando toda su vida y se convirtió en un importante recurso aplicado a la anatomía y a la histología. Siendo estudiante de medicina en Zaragoza realizó una serie de láminas anatómicas (dibujos y acuarelas) que esta vez sí fueron del agrado de su padre que llegó a comprender la utilidad que el dibujo podía tener en las actividades científicas de su hijo.

Junto al dibujo, la fotografía fue otra de las actividades artísticas cultivada por Cajal desde su juventud, aunque aquí el componente técnico (no solo artístico) es también muy importante, tanto en su aplicación a la microfotografía con fines científicos como por sus aportaciones a las técnicas fotográficas, entre las que destaca el libro titulado *La fotografía de los colores*, publicado en 1912. Su labor en este campo fue reconocida al ser nombrado presidente de honor de la Real Sociedad Fotográfica.

Además de este interés por las artes visuales, Cajal cultivó también la literatura. Como ya hemos adelantado, en 1905 publicó una colección de cinco relatos breves, de los doce que había escrito entre 1885 y 1886. Influido por sus lecturas de juventud: Alejandro Dumas, Emilio Salgari, Daniel Defoe y su *Robinson Crusoe*, pero también por los clásicos españoles (*El Quijote*, el teatro de Calderón o la poesía de Quevedo), se anima a escribir, tal como especifica el subtítulo de sus *Cuentos*, unas "narraciones pseudocientíficas", todas protagonizadas por médicos o científicos. El primero de los relatos titulado "A secreto agravio, secreta venganza", en claro homenaje a Calderón de la Barca, narra cómo las bacterias son utilizadas en una venganza por "honor". En "El fabricante de honradez", los sueros y la hipnosis aparecen como elementos fundamentales en el desarrollo de los acontecimientos. En "La casa maldita", que recuerda a *El castillo de los Cárpatos* (1892) de Julio Verne, ocurren sucesos paranormales e inexplicables que terminan por explicarse científicamente. Un médico pesimista y desmoralizado acaba teniendo una visión microscópica en "El pesimista corregido". Finalmente, "El hombre natural y el hombre artificial", muestra un diálogo entre dos viejos amigos con visiones muy diferentes de la vida.

Algunos autores han señalado la similitud de estos relatos con obras de H.G. Wells como *La máquina del tiempo* o *La isla del Dr. Moreau*, publicadas en la última década del siglo XIX, que alcanzaron un gran éxito y difusión. Sin embargo, parece que Cajal estaba poco convencido de la calidad literaria de sus cuentos hasta el punto de retirarlos del catálogo de sus obras, lo que hizo que en su momento pasaran desapercibidos. De hecho, la primera edición de *Cuentos de vacaciones* tuvo una tirada y una distribución muy limitada, pues el autor imprimió algunos ejemplares que repartió entre amigos y familiares. Su finalidad pedagógica y su impacto fueron mínimos en ese momento, aunque posteriormente, en sucesivas ediciones, sí lograron llegar a un público más amplio.

Es importante insistir en que, más allá de las ambiciones artísticas y literarias que en un principio los escritos de Cajal pudieran tener, lo que prima en sus relatos es un afán divulgativo y pedagógico. El ensayo divulgativo ya había sido cultivado por Cajal en la serie de artículos *"Las maravillas de la histología"* que había publicado en 1883 en *La Clínica. Semanario de medicina, cirugía y farmacia*, bajo el pseudónimo del Dr. Bacteria. Sin embargo, la ficción le permite no solo divulgar aspectos científicos sino también plantear dilemas éticos y reflexiones críticas sobre la incorrecta utilización de la ciencia con una clara intención moralizante, pero además expresar sus propias ideas políticas, próximas al movimiento regeneracionista. Como el mismo Cajal afirma, cada cuento encierra un "transparente símbolo de los males y remedios de la patria", lo que resulta coherente con la idea cajaliana de que el desarrollo científico debía sumarse al conocido lema de Joaquín Costa "escuela y despensa" para combatir los "males de la Patria", según la expresión de Lucas Mallada. En este sentido la obra de Cajal *Reglas y consejos sobre la investigación científica. Los tónicos de la voluntad* (1899), publicada un año después del llamado "desastre del 98", es considerada una de las obras más significativas del regeneracionismo científico.

Ciencia y control social

Los dos relatos que estamos prologando son muy representativos de cuanto estamos diciendo. *A secreto agravio, secreta venganza* tiene el mismo título y, en parte, la misma temática que la obra homónima de Calderón de la Barca, publicada en 1637, en la que se aborda, al igual que en otras como *La prudente venganza* (1624) de Lope de Vega, la reparación de la honra perdida. Esta restitución del honor, en claro homenaje a la literatura del siglo de oro, es aquí actualizada por Cajal en una fábula en la que un eminente bacteriólogo se las arregla para inocular el bacilo de la tuberculosis a su mujer y a su amante. Un suero que en seguida tendrá, como veremos, otras utilidades.

En *El fabricante de honradez*, un médico muy respetado en su pueblo descubre un suero capaz de proporcionar tranquilidad y sosiego a las personas y de evitar violencias y actos antisociales. El relato tiene una clara relación con el interés de Cajal por la hipnosis y otros fenómenos psicológicos, sobre todo en su etapa valenciana, cuando fue catedrático de anatomía en la Universidad de Valencia entre 1884 y 1887, época en la que, como ya se ha indicado, escribió sus *Cuentos de vacaciones.*

Microscopios, bacterias, sueros, toxinas y antitoxinas están presentes en las páginas redactadas por nuestro autor, pero hay otros elementos comunes que merece la pena destacar. Por un lado, los científicos descritos por Cajal: el doctor Max von Forschung, en el primero de nuestros relatos y el doctor Alejandro Mirahonda en el segundo, aparecen ungidos de un saber y un poder que les sitúa por encima de los demás mortales pues sus conocimientos y sus prácticas les permiten intervenir impunemente sobre las personas individuales o sobre la población. Cajal se muestra muy crítico cuando asegura que algunos rasgos salientes de la psicología de los sabios permiten describir al científico como "esencialmente amoral y profundamente egotista (hay excepciones naturalmente)"; excepciones entre las que, suponemos, se incluiría el propio don Santiago. Cabe señalar, de manera complementaria, la imagen que Cajal ofrece de las mujeres, describiéndolas, tanto desde el punto de vista biológico y psicológico como social, de una manera que hoy sería anacrónica pero que a finales del siglo XIX y comienzos de XX encajaba perfectamente con los principios liberales y burgueses del momento.

Por otro lado, Cajal parece advertir sobre el riesgo de ciertas utilizaciones perversas de la ciencia que facilitan el control social. La senilina del Dr. Forschung acelera el proceso de envejecimiento y es ensayada en delincuentes y locos por una Comisión de médicos legistas, produciendo sorprendentes efectos psíquicos y resultando ser un soberano moderador de los impulsos criminales y un maravilloso sedante de la voluntad. Dando una vuelta de tuerca más, su aplicación a los pobres podría zanjar la cuestión social y conjurar el peligro revolucionario; asimismo, su inoculación a los pueblos colonizados garantizaría el orden y la lógica imperialista. Por su parte, el suero del Dr. Mirahonda gozaba, según él, de la "singular propiedad de moderar la actividad de los centros nerviosos donde residen las pasiones antisociales: holganza, rebeldía, instintos, criminales, lascivia, etc." Lo cual, aunque no fuera cierto, venía a sugerir el poder de la sugestión en las masas y su papel a la hora de ser gobernadas.

Leídos hoy, estos relatos de Cajal nos hacen recordar las distopías autoritarias que fueron desarrolladas con todo detalle más tarde, dando lugar a todo un subgénero literario. Sin duda, los textos de Cajal estaban alejados de tal pretensión, pues centra su ironía en señalar que tales sueros no harían efecto a los españoles, ya adormecidos por otras drogas de pensamiento y por una decadencia social y moral que era preciso regenerar. Resulta curioso, y por demás interesante, que estas pequeñas contribuciones de Cajal, obras menores sin duda en la historia de la literatura, hayan escapado a su tiempo y puedan ser objeto de lecturas y reflexiones diversas en tiempos posteriores.

Por eso merece la pena, a mi juicio, leer con detenimiento estos cuentos, porque constituyen una fuente histórica de indudable interés para valorar los orígenes de la divulgación científica, para confirmar que la ciencia nunca es ni ha sido neutral, para saber que lo subjetivo y lo objetivo tienen a veces límites muy difusos o para reflexionar sobre el papel que las artes, la literatura y las humanidades pueden desempeñar en la mentalidad, en la capacidad crítica y en la manera de ser y estar de los científicos, de los que Ramón y Cajal es solo un significativo ejemplo.

Ramón y Cajal: de asesinatos, cementerios y médiums

(Curiosidades en la vida de nuestro Premio Nobel)

Javier Coria

UN CASO DIGNO DEL CSI

El suceso que voy a referir es digno de uno de los casos que vemos en las series televisivas sobre forenses. Nos llega la noticia del hecho a través de un gran memorialista, el abogado y periodista Tomás Caballé Clos que fue el abogado defensor que participó en un juicio de doble asesinato. Pero vayamos a los hechos.

En una finca solitaria conocida como *Trull de les Valls* en Torrelles de Foix (Villafranca del Penedés) se encontraron los cuerpos de dos menores salvajemente degollados. Pronto se detuvo a un sospechoso al que todos los indicios apuntaban como el culpable, un joven llamado Joan Mestres Solé, personaje introvertido, aficionado a la caza y a vagar en solitario por los montes del lugar. Enemistado con sus vecinos, los chiquillos asesinados solían tener al mozo como el objeto de sus burlas y chanzas y no faltaron los testigos que dijeron que Mestres, por este motivo, se la tenía jurada y los había amenazado. Pero la prueba inculpatoria definitiva, fue una camisa manchada de sangre que se creía que el reo había intentado lavar sin conseguir eliminar totalmente los restos de sangre. El perito presentado por el fiscal Álvaro Becerra del Toro, certificó que la sangre era humana y se pidieron dos penas de muerte. El abogado Clos pudo demostrar que la prenda no había sido lavada, pero... ¿Cómo refutar lo de la mancha de sangre?

Por desgracia, faltaban cerca de cien años hasta que una mañana de 1984 el científico Alec Jeffreys descubriera por serendipia los principios de las huellas genéticas, facilitando así las pruebas de ADN que revolucionaron las ciencias forenses. Aunque las pruebas inculpaban a su defendido, el abogado decidió jugar una última baza, por aquel entonces Santiago Ramón y Cajal, el más eminente histólogo de la época, residía en Barcelona donde era catedrático y el letrado acudió en su docto auxilio. El sabio escuchó con paciencia el relato del letrado y se extrañó que un perito, no experto en histología, pudiera, con la ciencia de la época, determinar tan tajantemente que aquella sangre era humana cuando de ello dependía la vida de un hombre. Cajal desmontó todos los argumentos del peritaje de la acusación, y el jurista no tuvo por más que repetir, cual loro, los argumentos en el tribunal. Además el científico designó a su mejor ayudante, el que luego sería el eminente cirujano doctor Josep Soler i Roig que, junto a dos colegas más, demostraron que la sangre de la blusa del reo pertenecía a un conejo de monte. El fiscal descargó su ira contra su perito, al que procesó por cuanto se había presentado como médico cuando era sólo un alumno de la facultad de medicina. De todos modos, el jurado se encontraba dividido con seis votos a favor de la absolución y seis en contra. El magistrado, León Tonel, sólo tuvo que aplicar el principio jurídico de *In dubio pro reo* y decretó la puesta en libertad de Mestres.

A pesar de la absolución, no eran pocos entre la multitud de ciudadanos que siguieron el proceso que creían en la culpabilidad del muchacho, incluso su abogado defensor tenía sus dudas. No sería hasta años más tarde que la inocencia de Mestres quedó probada. Un individuo, *in articulo mortis*, confesó el horrendo crimen. De esta forma, Cajal participó en un juicio de doble asesinato y su cooperación científica salvó la vida de un inocente.

EL COLECCIONISTA DE HUESOS

Muchas son las anécdotas que protagonizó Santiago Ramón y Cajal y, por lo particular de sus quehaceres científicos, algunas tenían que ver con sucesos macabros a ojos del profano. Precisamente, y hablando de ojos, una vez un ojo de un feto sifilítico que Cajal puso en el alfeizar de una ventana para que la luz solar ennegreciera el nitrato de plata que le permitía ver mejor la retina, cayó a la calle con el consiguiente estupor de los viandantes que llamaron a la policía. Pero es una historia de huesos la que quiero contar con más detalle. Don Justo Ramón, el padre de nuestro sabio, convencido que los estudios de Fisiología y Patología que esperaba que su vástago cursara necesitaban de unos sólidos cimientos y estos no son otros que la anatomía, allá por el año 1868 empezó a darle clases de esta disciplina con los manuales al uso de Ignacio Lacaba y Jaime Bonélls, Jean Cruveilhier y Philibert C. Sappey. Pero toda formación teórica necesita complementarse con una formación práctica, y es en este aspecto donde la anécdota que voy a relatar parece sacada de un cuento gótico o de una de las leyendas de Gustavo Adolfo Bécquer. Tiene todos los ingredientes para ello, una noche de luna llena, un cementerio de pueblo y dos sombras amparadas en la oscuridad de la noche que trepan por la tapia del camposanto. Sí, de esta forma, don Justo y su hijo Santiago se hicieron con una buena colección de huesos que, convenientemente limpios y seleccionados, se convirtieron en un estupendo material didáctico. Para ello, no tuvieron más que acceder a escondidas al cementerio, y buscar en una fosa común que solían utilizar los sepultureros para dejar los esqueletos de las limpiezas que hacían de los nichos ante la falta de espacio.

"SOLOS ANTE EL MISTERIO"

"Solos ante el misterio", era el sugerente título de una obra que Cajal tenía en preparación cuando le sobrevino la muerte. Cuestiones filosóficas, sobre los sueños, sobre el "yo" psicológico, etc. eran tratados en este trabajo que hoy damos por perdido. Cajal estaba muy interesado en el poder mental y en la fuerza de la sugestión en la cura de enfermedades. También dedicó dos años de su vida al estudio de los fenómenos de la psicopatía espírita y a las diversas personalidades o egos que conviven en nosotros. El propio Cajal, nos da noticia de esta obra en una nota a pie de página al final del primer capítulo de su libro de memorias *El mundo visto a los ochenta años*, y de este libro es la cita tan esclarecedora de lo que Cajal pensaba sobre este particular:

"La personalidad plena y sintética del hombre es la suma del "yo" principal, despótico y acaparador, y de todos estos "egos" apagados, pero susceptibles de reviviscencia eventual. Notemos que estas personalidades secundarias no son inconscientes, como acaso pensaría algún psicoanalista, sino subconscientes y susceptibles de fácil evocación. Forman como la retaguardia del sujeto actual, mas están apercibidas a reemplazarlo en cuanto éste desmaya o se distrae."

En estas memorias también nos habla de un enigmático libro inédito, una obra a la que dedicó varios años de su vida y que recogía sus estudios más mistéricos, aquellos que muchos nos quieren ocultar hoy. En la guerra civil se quemaron o perdieron muchos documentos del archivo del sabio, cuentan que las fotos de carácter erótico que hizo Cajal, fueron quemadas por sus propios familiares, pero también se perdieron los manuscritos de un interesante trabajo sobre hipnotismo, espiritismo y metapsíquica, esto último era como se conocía entonces a lo que hoy conocemos por parapsicología, a la que eran aficionados tanto él como su hermano Ramón. Como científico racionalista, Cajal criticó la ingenuidad de las personas que se dejaban embaucar por los vividores de lo extraño, de los magos y charlatanes que vendían sus supercherías en los salones decimonónicos. Pero junto a esto y como científico abierto e inquieto, sabemos que dedicó mucho tiempo y esfuerzo en la investigación de los fenómenos de percepción extrasensorial como de telepatía, la precognición o las facultades de ciertos dotados psíquicos y médiums. El propio Albert Einstein o Carl Jung también dirigieron sus miradas a estos fenómenos como objeto de estudio.

Es fácil imaginar que Cajal no creyera en la transmisión del pensamiento sin mediación sensorial en los procesos bioquímicos del cerebro, pero sí en algún efecto psíquico entre el emisor y el receptor. De hecho, el propio Cajal tenía la facultad de influir positivamente en la mente de sus pacientes mediante las técnicas hipnóticas. Porque sí, señores, Cajal fue un experto hipnotizador que tuvo un gabinete abierto en su domicilio de Valencia, cuando ejerció su cátedra en esta ciudad durante los años de 1884 y 1887. Aunque el llamado Gabinete de Estudios Psicológicos de Cajal nació con vocación investigadora, la experimentación con personas que tenían enfermedades nerviosas como histerias, depresiones, etc., demostró las bondades de la hipnoterapia en estas dolencias. La noticia corrió de boca en boca y las colas de pacientes ante la casa de Cajal eran continuas; el sabio, por falta de tiempo y capacidad para tratar a tanta gente, tuvo que cerrar la consulta. Pero si la condición de pionero de lo que hoy conocemos por hipnosis clínica quedaba en duda, Cajal aplicó la hipnosis como anestesia a su esposa Silveria durante el parto de sus dos últimos hijos Pilar y Luis. Constancia dejó de ello en su artículo "Dolores del parto considerablemente atenuados por la sugestión hipnótica", publicado como separata de la *Gaceta Médica Catalana* en agosto de 1889.

Nos quedamos sin saber a qué conclusiones llegó el Premio Nobel sobre sus investigaciones más heterodoxas al perderse los manuscritos, incluso él mismo se preguntaba si este libro lograría publicarlo alguna vez, conocemos que además de sus trabajos sobre la metapsíquica, la hipnosis y el estudio de médiums, el trabajo recogía una minuciosa recopilación de sueños con sus posibles interpretaciones. Cajal se dedicó durante toda su vida a registrar lo que él llamaba las alucinaciones del sueño, o del ensueño, como prefería llamarlo. Según su nieta María Ángeles Ramón y Cajal Junquera, el manuscrito de su abuelo estaba a punto para la publicación cuando el Instituto de Higiene Alfonso XIII fue bombardeado durante la guerra civil, entre sus escombros se perdió este valioso documento.

Como hicieran el médico y escritor Conan Doyle y el famoso mago Houdini, más cándido y crédulo el primero que el segundo, Cajal se dedicó a desenmascarar los fraudes de algunos médiums que estaban de moda al amparo de las experiencias de las famosas hermanas Fox, Margaret y Catherine, y el auge de las teorías teosóficas de madame Blavatsky. El estudio de las técnicas de los magos y sus conocimientos en fotografía, fueron esenciales en esa labor. Pero el espíritu investigador de Cajal no sé quedó en la simple denuncia de los embaucadores, sino que, pensando que era posible que hubiera personas con cierta sensibilidad para influir mentalmente en otras o con facultades paragnostas, se empleó en el estudio de los que decían tener facultades mediúmnicas. Para este estudio minucioso, Cajal no sólo participó en sesiones espiritistas, sino que contrató a médiums para estudiarlas, en algunos casos, incluso las instaló en su propia casa como lo hizo cuando vivía en Zaragoza. Con gran espanto, los nietos de Cajal se tropezaban con la médium en el pasillo, médium a la que Cajal desenmascaró más tarde, por cierto. Fraudes, personas con desequilibrios mentales y quizás algunas con cierto poder de sugestión sobre sus semejantes, pasaron por la analítica mirada del investigador cuyas conclusiones, como ya he apuntado, hoy desconocemos.

Pero el más eminente histólogo de la historia también fue pionero de la fotografía en color, de la aplicación de ésta al grabado, de la fotografía en tres dimensiones, del periodismo de divulgación científica con el seudónimo del Doctor Bacteria... Inventó el fonógrafo al mismo tiempo que Edison y fue pionero de la novela científica donde, al igual que H.G. Wells, trataba sobre las implicaciones filosóficas, sociales y éticas, de los avances científicos y tecnológicos. Pero esa es otra historia.

A secreto agravio, secreta venganza

I

El doctor Max V. Forschung, profesor ordinario de la Universidad de Wurzburgo, Gemeinrath, miembro de la *Phys, und Gesellschaft*, afortunado autor de brillantes descubrimientos fisiológicos y bacteriológicos, vivía todo lo feliz que pueden vivir los sabios a quienes desvelan y desasosiegan la fiebre devoradora de la investigación y el afán de emular gloriosas reputaciones. Cincuenta años tenía, y era alto enjuto pelirrojo, con ojos verdes llenos de bondad; labios delgados que expresaban la ironía, y palabra sencilla y precisa, como acostumbrada a traducir la verdad sin velos ni retóricos artificios. Visto de perfil, mostraba una de esas cabezas prolongadas en forma de martillo que parecen expresamente fabricadas para golpear obstinadamente en los hechos hasta arrancarles chispas de luz, ligeramente agobiado de espaldas, y flaco de brazos y piernas, semejaba a la cepa en invierno; como ella, ofrecía exterior seco y desapacible, y producía, llegado el calor del pensamiento, frutos bellos y sabrosos. En fin: nuestro sabio, sin ser deforme y antipático, era lo bastante desgarbado y vulgar para no hacer del amor, cual la mayoría de los hombres, la perenne preocupación de la vida.

Hallábase a la sazón Forschung en plena fecundidad científica. Cada seis meses descubría un microbio patógeno, y cuando, por excepción, no hallaba nada nuevo, sabía demostrar, ce por be, que los microbios descritos por los bacteriólogos rivales eran miserables bacilos descalificados o embolados, incapaces, por ende, de virtud patógena en el hombre y en los animales. Ya se comprenderá que semejante aseveración no agradaba a los adversarios del maestro, que hubieran preferido topar con gérmenes morbosos capaces de llevar la desolación a media Humanidad.

Durante medio siglo Forschung permaneció célibe, porque no tuvo tiempo de enamorar a las mujeres ni entró en sus cálculos complicar la vida con el cuidado de hijos y esposa. Y, sin duda, habría continuado indefinidamente soltero, y probablemente dichoso, si el pícaro Cupido, intrigando a hurtadillas de Minerva, no le hubiera inoculado la terrible toxina del amor.

Miss Emma Sanderson, americana, con veinticuatro años, lozana, rubia y apetecible, y, por añadidura, doctora en Filosofía y Medicina por la Universidad de Berlín, fue la encargada por el Destino de despertar en el candoroso sabio los impulsos, un tanto adormilados, de la conservación de la especie.

Disculpemos al enamorado cincuentón; en su lugar, ¿quién no habría hecho lo mismo? ¡Al promediar de la vida se ponen tan fríos los laboratorios y tan egoístas los amigos!... Además, mediaban circunstancias atenuantes, porque la citada Emma, aparte de ser huérfana (lo que no me negarán ser excelente condición), y poseer una belleza sana, arrebatadora y coruscante, tuvo el capricho, verdaderamente diabólico, de constituirse en ayudanta privada del profesor, quizá con el propósito —esto se decía al menos— de estudiar y dominar los preciosos métodos de investigación de Forschung y exportarlos después a la libre América sajona. ¿Qué había de suceder? Forschung deseó ardientemente conocer un nuevo terreno de cultivo del cual no tenía sino vagas y muy atrasadas noticias. Por su parte, Emma acabó por persuadirse de que no era mal negocio llegar a ser la esposa de un príncipe de la ciencia, de un *Gemeinrath*, que ganaba cincuenta mil marcos anuales y usaba, además, el aristocrático von delante de un nombre gloriosísimo...; y así, dejando a un lado preámbulos y gazmoñerías, aceptó la mano del sabio.

Seamos imparciales. Confesemos hidalgamente que la gallarda americana distaba mucho de ser una ambiciosilla vulgar. Durante dos años de cotidiana convivencia científica, de íntima comunión espiritual, Emma se prendó o creyó prendarse del prestigioso maestro. La gloria fascina a los espíritus esclarecidos y cultivados, y la simpática doctora, que había perfumado con su belleza estufas y autoclaves, microscopios y matraces, acabó por tomar cariño a aquel edén microbiano, donde tantas veces había soñado el excelso fiat lux de la creación científica.

Es preciso reconocer —y lo decimos con envidia— que el protagonista de esta historia logró una dicha rara vez otorgada por la fortuna. ¡Gran ventura juntar en un solo cuerpo esposa y ayudanta, confidenta del espíritu y de los sentidos, consejera sagaz capaz de comprender las zozobras del alma (en esas horas de angustia en que el microscopio parece tenebroso pozo y la estufa caja de Pandora) y ejecutor fiel y rapidísimo de las intuiciones experimentales! Pero no nos distraigamos.

Una vez casados, se guardaron mucho los novios de incurrir —dicho sea en su descargo— en la horrible cursilería de pasar la luna de miel en París o Suiza, como cualquier matrimonio burgués de tres al cuarto, o el *commis voyageur*, que aprovecha para el viaje de novios el billete a *moitié prix*; antes bien, decidieron utilizar el ardoroso entusiasmo de los primeros meses para realizar una científica, fecunda e interesante exploración. Y así, pertrechados de los instrumentos de trabajo, recorrieron Grecia y Egipto, Siria y Persia, teniendo la suerte de hallar y cultivar juntos varios microbios virulentos; entre otros, cierto bacilo inédito, responsable de graves dermatosis de los indolentes pueblos orientales.

Repatriados que fueron, prosiguieron con más ahínco y fervor, si cabe, sus investigaciones sobre la biología del nuevo parásito; descubrieron un suero eficaz contra sus efectos, y publicaron, en fin, una extensa y luminosa memoria, ilustrada con espléndidas cromolitografías en los *Zeitschrift für Higiene und Bakteriólogie*.

Casi al mismo tiempo de aparecer tan interesante comunicación, la gallarda y animosa colaboradora daba a luz otro microbio, es decir, un niño robusto y hermoso, como incubado al fin por el ardiente sol de Palestina... No hay que decir que el retoño recibió el nombre de Max, y el microbio el de *bacillus Sandersonni*, en honor de la simpática compañera.

Había llegado el doctor Forschung al cénit de sus aspiraciones. Cuatro cosas había que llevaban su nombre: un microbio patógeno (no confundirlo con el recién descubierto), un hijo, una mujer guapa y una calle de la ciudad nueva, la elegante *Forschungstrasse*, plantada de copudos tilos, como la tan conocida *Unter der Linden*, de Berlín.

¿Qué podía pedir más? ¿Tener envidiosos? Los tenía a docenas. ¿Adversarios encarnizados? No carecía de ellos. Nada faltaba a su gloria..., más que la desgracia. Y el bondadoso sabio la llegó a conocer... Sí; sufrió desengaños amorosos, como el vulgar y prosaico filisteo a quien abandona la histérica y no comprendida esposa; llegó a rugir de celos y desesperación, al par de cadete primerizo en amores... Pero no anticipemos los sucesos ni alteremos el orden de la narración.

Tres años después de la expedición a Oriente cayó el sabio en gran abatimiento. Polémicas científicas no exentas de acrimonia y de personalismos, entabladas con insolentes contradictores, que no podían perdonarle el haber relegado sus adocenadas figuras a segundo término; profundas meditaciones y porfiados experimentos para reconquistar la embriagadora actualidad habían minado su salud y agriado su carácter. La fiebre devoradora de la nueva verdad, el afán de sorprender el hecho decisivo, salvador para su teoría, aplastante para los adversarios, llegó a convertirse en una obsesión angustiosa. Ante ella, ¿qué significaban los demás sentimientos? Y, según suele acontecer, la hoguera del entendimiento restó combustible a las ofrendas del amor.

Es preciso reconocer que a los cincuenta y tres años, y con mujer joven y bonita, el culto excesivo de la ciencia es un tanto peligroso... Bien a su costa aprendió Forschung esta triste verdad. Pero relatemos ordenadamente los hechos.

Comenzó nuestro sabio por notar que el ambiente afectivo del hogar había cambiado para él. Y es que, ante la indiferencia del doctor, Emma había reaccionado a su modo. A las impetuosas fugas del sentimiento sucedieron una frialdad y una reserva que inquietaron profundamente al sabio. Cierta conjetura inquietante, débil e indecisa al principio, más acentuada y colorida después, vigorosa y torturante al fin, aparecía y desaparecía en su mente, sacudiendo dolorosamente las fibras más íntimas de su ser.

En vano trataba de descartarla; sus esfuerzos solo servían para que la vana sombra acusara sus contornos, se cuajara en carne y adquiriera vibrante realidad. Al fin, como si la fantasía y la razón hubiesen terminado su labor creadora, y la voluntad, domada ya, se hubiera adaptado enteramente a la desconsoladora visión, exclamó lleno de amargura:

—¡Es indudable! Por el alma de mi mujer ha pasado un hombre..., y ese hombre no puede ser otro que Mosser, mi atolondrado y enamoradizo ayudante...

El doctor Heinrich Mosser, privatdozen de la Universidad y preparador del profesor Forschung, era el acabado tipo meridional, tan admirado por las pálidas y pudibundas hijas del Norte. De bizarro continente y elevada estatura, lucía color moreno mate, nariz aguileña y ojos negros, grandes, incendiarios, fascinadores, con atracciones de abismo y provocaciones de Don Juan irresistible. Toda su morena y arrogante figura parecía formada expresamente para realizar con un fondo de sombra y de misterio, los nítidos y rosáceos fulgores de la rubia carne sajona. Para acabar el retrato, mencionemos su cabellera negrísima y rizada, excelente marco decorativo de impecable busto, y una barba puntiaguda, acicalada y en bucles, que daba a su fisonomía un no sé qué de hierático y augusto: ese aspecto de las testas orgullosas, correctas y solemnes de los soberanos de Asiria, tal como aparecen en los bajorrelieves de Nínive. Sin duda por esto sus amigos de brasserie apodaban a Mosser el Terrible Assourbanipal.

Quizá el tiempo, que todo lo gasta, y las preocupaciones científicas, que son el mejor derivativo de las almas atribuladas, hubieran acabado por borrar del ánimo de

Forschung la inquietante conjetura si la Providencia, que gusta disfrazarse de casualidad, no hubiera hecho surgir al infame delator... ¿Quién fue éste? En un laboratorio, ¿quién podría ser sino el terrible microscopio?

Un día, trabajando aislado en su laboratorio, vio el doctor, lleno de asombro, sobre el cristal opalino que le servía de fondo para dar resalte a las preparaciones, dos cabellos largos: lacio y rubio el uno, ensortijado y negro el otro, y enlazados en íntimo y redoblado abrazo...

Claro es que el hecho en sí no tenía nada de particular. Aquel laboratorio era visitado diariamente por multitud de estudiantes adornados de cabelleras de muchos colores. Lo sorprendente, lo desconcertante para el pobre Forschung, fue que el cabello negro, visto al microscopio, coincidía exactamente en dimensión, color y longitud con el del ayudante Mosser, mientras que el cabello rubio correspondía enteramente a las áureas y espléndidas hebras de la crencha de Emma. Si cupiera alguna duda sobre la procedencia de los citados filamentos, la habría disipado el resultado del análisis microscópico: en el oscuro mostráronse algunas minúsculas gotas de esencia de bergamota, afeite favorito de Mosser, y en el rubio viéronse restos de esencia de orégano, perfume preferido por Emma. Ambas esencias se hallaban en el laboratorio, donde, según es notorio, se emplean para aclarar los cortes histológicos.

Pero lo que sacaba de tino al desdichado sabio era la postura acusadora, la íntima trabazón de las dos hebras.

¡Amargas y abrumadoras suposiciones iban y venían por la mente de Forschung, estremeciéndose por sacudidas trágicas! ¡Ya no era posible vacilar! Aquellos abrazos y serpenteos de dos órganos microscópicos eran algo más que un símbolo; representaban, en realidad, la imagen fiel de otros abrazos y serpenteos macroscópicos, que el doctor no podía imaginar sin sentir al propio tiempo el corazón arrebatado por la ira.

«¡Santo Dios! —se decía el bueno de Forschung, calmados un tanto sus agitados nervios—. ¿A qué grado de intimidad y de criminal abandono habrán llegado las cabezas y cuerpos de los desleales para que sus cabellos se hayan entrelazado de tan inextricable manera?»

Y adoptando una expresión fisonómica entre amarga e irónica, en la cual había un destello de la pasión inquisitiva del sabio, añadió:

—He aquí un oscuro problema psicofisiológico que debo resolver sin pérdida de momento. Lo exige mi honra ultrajada; lo pide también la prosecución de mi obra científica, cuya paralización colma de satisfacción a mis injustos adversarios... Todo es preferible a vivir en densas tinieblas..., todo, incluso el desencanto del amor y de la fidelidad. Y me vengaré secretamente, evitando el escándalo y las burlas del mundo..., por procedimientos científicos originales, que ignorarán hasta las mismas víctimas...

Como se ve, aun en medio de los arranques de la indignación, el investigador se sobreponía al marido. La idea de caer en la vulgaridad, vengando el ultraje al honor conyugal según la fórmula muscular del hombre de la Edad de Piedra, es decir, apelando a reacciones motrices violentas compartidas con toda la animalidad, lastimaba infinitamente su amor propio.

Y es que el sabio posee mentalidad eminentemente aristocrática. ¡Los que le conocen únicamente por sus obras creen —inocentes— que trabaja para la Humanidad! ¡No tal: labora para su orgullo! El investigador ama el progreso... hecho por él. Cuando la Prensa da cuenta de la aparición de una verdad nueva, triunfadora de la distancia, del dolor o de la muerte, el mundo se postra ante el genio, entonando clamorosos hosannas. Solo los hombres de laboratorio aplauden fríamente, con sordina..., cuidando de disminuir el interés o la originalidad de la invención, cuando no guardan —que también ocurre— sepulcral silencio. Y, sin embargo, si prescindimos del resorte íntimo egoísta que mueve la inteligencia investigadora y consideramos exclusivamente los efectos sociales de cada descubrimiento, la pretensión altruista del sabio se confirma: sus inventos benefician positivamente a la Humanidad. Disípase esta aparente contradicción recordando que en ciencia, como en amor, el protagonista es engañado por la Naturaleza. En virtud de una ilusión irremediable, el sabio y el amante creen, tocante a sus respectivas funciones, trabajar pro domo sua, cuando en realidad no hacen sino obrar en provecho y gloria de la especie. ¡Oh, qué soberana invención, qué poderosas palancas son para el progreso el orgullo imbécil y el vano afán de gloria!

Pero, apartando embarazosas digresiones, reanudemos el hilo de la narración. Habíamos quedado en que el atribulado Forschung sospechaba de la lealtad de su esposa, y que, trastornado por su calenturienta imaginación (al fin, imaginación de sabio), daba como reales las más livianas y criminales complacencias. Y, con todo eso, fuerza es confesar que el celoso marido poseía tan solo barruntos vislumbres..., no demostración perentoria de la deshonestidad de Emma, El mismo vino al fin a reconocerlo, conviniendo en que, antes de ejecutar la terrible venganza premeditada, era de todo punto necesario convertir los vagos indicios en pruebas flagrantes y acusadoras.

Por desgracia, nuevas exploraciones minuciosas de los muebles del laboratorio aportaron datos de gran importancia.

Cierto día, examinando con una lente la chaise longue de la biblioteca anexa al laboratorio, aparecieron nuevas parejas de acusadores cabellos y otras señales harto significativas, esto es: hilos de seda de la blusa de Emma en íntimo consorcio con briznas de lana procedentes del terno gris del ayudante. A mayor abundamiento, mostrábanse en el mullido de la meridiana depresiones insólitas, moldeamientos y rozaduras, reveladoras de que el fatigado mueble había crujido al compás de los más fogosos ímpetus de la pasión contenida. ¡Qué profanación! ¡Deshonrar así aquel cómodo diván, cuyo suave y fresco terciopelo había apagado tantas veces la fiebre del sabio cuando, tras interminables horas de fatiga mental, buscaba ansiosamente, en el recogimiento y la meditación, la clave de los imprevistos resultados de las experiencias del día!

Ansiando saber toda la verdad, decidió nuestro sabio no cejar en sus pesquisas, pero realizándolas sin despertar sospechas en los venturosos amantes, los cuales, a guisa de microbios cultivados en cámara húmeda, nadaban y se refocilaban lindamente, bien ajenos de presumir que eran blanco de obstinada observación.

Al efecto, dispuso bajo las patas del consabido mueble, y disimulados por la alfombra, cuatro receptores Marey, unidos, mediante tubos de caucho, a un aparato registrador instalado en el interior de un armario. El mecanismo, movido eléctricamente, estaba de tal suerte arreglado, que solo podía entrar en función en el acto de gravitar sobre el diván dos personas cuyo peso total excediera de nueve arrobas. Y, dispuestas así las cosas, esperó tranquilo, como cazador en tollo, a que los tórtolos se pusieran a tiro y se denunciaran, personal e inconscientemente, en las gráficas del aparato.

Transcurrieron algunos días; el papel ahumado continuaba incólume. Mas, ¡ay!, cierta noche, de regreso Forschung de la Real Academia de Ciencias Fisiconaturales, en donde leyó extensa comunicación, advirtió, con el estupor consiguiente, que dos personas habían descansado sobre el mueble..., mejor dicho, que no se limitaron modestamente a descansar... Alelado, contemplaba el bendito señor la larguísima gráfica, elocuente y categórica como un documento científico, la cual acusaba a los traidores no con vagas generalidades, sino marcando con feroz complacencia las fases todas del repugnante delito. Comenzaba la gráfica con ligeras inflexiones; minutos después las curvas se accidentaban, mostrando grandes valles y montañas; luego, el ritmo adquiría desusada viveza, desarrollándose en paulatino crescendo, hasta que, por fin, llegado el allegro, una meseta audaz, elevadísima y valientemente sostenida, cual calderón formidable, cerraba la inscripción que retomaba lánguida y mansamente el primitivo reposo, quizá a la línea recta de la desilusión y de la fatiga. ¡Ya no cabía duda! ¡Su ingrata esposa, la que se decía enamorada del sabio, la que había jurado consagrarse de por vida a cuidar de la preciosa existencia del glorioso investigador, había olvidado su decoro y manchado el inmaculado honor del príncipe de la ciencia! ¡Ah! ¡Tamaño ultraje pedía venganza..., y venganza terrible!

II

Por la época en que se desarrollaron los sucesos referidos debatíase calurosamente en los congresos médicos y academias científicas si la tuberculosis era o no transmisible de los animales al hombre; cuestión importante, porque de su definitiva solución dependía la legitimidad o improcedencia de ciertas medidas profilácticas. Divididos estaban los pareceres. Ciertos sabios, a cuya cabeza se puso el ilustre Koch, se declararon pluralistas, y afirmaban que el bacilo tuberculoso humano es incapaz de transmitirse a ciertos mamíferos, singularmente a la vaca. Los otros bacteriólogos, entre los cuales se contaba Porschung, sostenían con igual tesón que el microbio de la tuberculosis del buey, del conejo, del cavia, en fin, de la mayoría de los animales domésticos, era susceptible, exaltada artificialmente su virulencia, de provocar constantemente en la especie humana una tisis genuina.

En pro de sus respectivas tesis alegaron ambas escuelas luminosas y, al parecer, irrebatibles experiencias; pero el problema permanecía en pie, porque nadie contaba en su favor con el único experimento decisivo, a saber: la producción experimental de tuberculosis humana inoculando microbios tomados de los demás animales.

Naturalmente, respetables sentimientos de humanidad y de moral científica ve daban la ejecución de tan radical y temerario experimento.

Adivinará, sin duda, el lector, después de lo expuesto, cuáles eran las intenciones del rencoroso Forschtung: convertir en conejos, en *anima vili*, a los atolondrados amantes. Pero el astuto del doctor imaginó la experiencia de suerte que, sin perjuicio de su alcance científico, constituyera una prueba acusadora e irrefragable de la culpabilidad de los adúlteros. He aquí de qué ingeniosa manera puso en práctica su maquiavélico plan:

Las más de las tardes, terminado el trabajo experimental, Mosser, el ayudante, pegaba y rotulaba las etiquetas de las preparaciones y tubos de ensayo, faena que, a fin de evitar confusiones, con nadie compartía. Ahora bien: una noche recogió el profesor todas las etiquetas no utilizadas y se entretuvo en cubrir mañosamente el lado engomado con cierta solución de gelatina salpicada de finísima picadura de cristal y de gérmenes muy virulentos de la tuberculosis de la vaca..., y esperó, con la cachaza del pescador de caña, el resultado del terrible experimentó.

Los efectos no se hicieron aguardar... A los veinte días de puesto el cebo, tuvo Forschung la viva satisfacción (como hombre de ciencia, naturalmente) de sorprender en los labios y punta de la lengua de Mosser unas pequeñas pápulas de aspecto de tubérculo incipiente, a las que el infeliz ayudante, engañado por la exigüidad e indolencia de la lesión, no prestó ninguna atención. En el atolondramiento causado por la alegría de haber conquistado importante verdad científica —la transmisión al hombre de la tuberculosis bovina—, tentado estuvo Forschung de examinar microscópicamente el nódulo inflamatorio para ver si se presentaba el bacilo de Koch; pero comprendiendo cuán imprudente hubiera sido semejante examen, renunció a él, limitándose a su papel de observador meramente clínico. Y para que nuevas fortuitas inoculaciones no vinieran a complicar el resultado y a poner quizá sobre aviso al descuidado mancebo, destruyó todas las etiquetas contaminadas, sustituyéndolas por otras inofensivas.

Transcurrieron veinte días de mortal ansiedad, durante los cuales Forschung exploraba diaria y disimuladamente los labios y boca de su mujer. Comenzaba ya a arrepentirse de la mala obra hecha a su ayudante, cuando una mañana divisó en la comisura labial de Emma una pupa dolorosa, que resultó ser, analizada en secreto por el doctor, un genuino y característico tubérculo. Para colmo de evidencia, el método de coloración de Ziehl-Nellsen denunció la presencia de numerosos ejemplares del microbio tisiógeno de Koch.

¡La incógnita se había despejado enteramente! Fácil era reconstruir ahora los hechos experimentales. El germen había prendido primeramente en los labios de Mosser, desde los cuales, emigrando en alas de un beso o, lo que es más probable, en las de una ruidosa e inacabable traca de besos pecaminosos, pasó a la dulce y sabrosa boca de Emma. ¡Lástima grande fue que la mal aconsejada mujer no explorara antes lo que deseaba besar! Pero ¡cualquiera consigue que la pasión enardecida use desinfectantes y tenga la precaución de microscopizar previamente al objeto de sus ansias!

Resulta, pues, que el doctor Forschung alcanzó un éxito admirable como sabio; pero como marido... De todos modos, quedaba terriblemente vengado, y, además, había prestado a la bacteriología inolvidable servicio. Justificando previsiones teóricas, él aportó antes que nadie la prueba decisiva de la transmisibilidad de la tuberculosis de los animales al hombre. Las revistas higiénicas y médicas iban a hablar con encomio de sus nuevas contribuciones científicas; sus adversarios, los pluralistas, recibirían dura lección. Un triunfo más se añadiría a la inacabable serie de sus títulos, méritos, servicios y descubrimientos...

A la verdad, el recuerdo del ultraje hecho a su honor conyugal no le dejaba dormir. No amaba ya... Al menos eso creía él. Indiferente a los hechizos de la hermosura, sacrificaba ahora exclusivamente en el augusto altar de la ciencia. Había resuelto, además, apartarse definitivamente del ídolo, antes tan bello y adorado, y ahora afeado por la enfermedad... Y con todo eso, repetimos, no era feliz...

¿Por qué? Difícil es explicarlo. Pues la infamia no existe, no puede existir, cuando, según ocurría en el presente caso, la deshonra y el castigo se sustraen al escándalo del mundo...

¡Ah, es que el sabio continuaba siendo hombre! En la conciencia, como en el cielo, continúan brillando astros ha tiempo extinguidos; en otros términos: perduran consecuencias de causas morales descartadas por la razón. En virtud de este mecanismo psicológico, se explica un fenómeno afectivo singular: el que Forschung sintiera vivamente lo cómico y grotesco de su figura como si, por desdoblamiento de su ser, parte de su personalidad se hubiera convertido en espectador y contemplara socarronamente a la otra, clavada en la picota del ridículo.

Y en todo caso, aun dando por supuesto que la escéptica filosofía del doctor le hubiera vacunado contra los efectos del qué dirán, siempre le habrían quedado abiertas y sangrando dos heridas dolorosas: el enojo del amor propio ofendido, la desilusión de la soñada felicidad.

III

Tres meses después del anterior suceso vegetaba el sabio en la mayor soledad y recogimiento. En su odio a la familia humana, se había separado hasta de su inocente hijo, el pequeño Max, a quien educaba una hermana del doctor, la señora Ana Forschung, casada con un profesor de Filosofía. En cuanto a Emma y Mosser, habían sido llevados, por consejo de los facultativos y con aprobación de Porschung, a un célebre sanatorio de tuberculosos del Tirol.

Allí, a la vista de las nieves eternas, y bajo un cielo espléndidamente azul en verano, languidecían los amantes, progresivamente extenuados por la fiebre, el insomnio y los sudores. A pesar de lo cual se sentían relativamente dichosos. Al, fin, moraban bajo el mismo techo, aunque en departamentos diferentes, y los días en que podían abandonar el cuarto y salir al corredor o a la galería hallaban, con el consuelo de verse, la dulce satisfacción de comunicarse sus penas y reconfortar sus corazones.

La juventud doliente es optimista; no cree en la muerte ni en la desventura. Por entre todos los optimismos descuella, por inverosímil, el del tuberculoso. Postrado y sin fuerzas en el lecho, proyecta excursiones por las altas montañas; incapaz de rebullirse, se imagina un atleta; luchando con la muerte, piensa en el amor... En ninguna enfermedad crónica y mortal procede la piadosa Naturaleza con más exquisitos miramientos. ¡Tan solo en el triste desfallecer del tísico aparece la figura de la Parca velada y embellecida con los triunfales atavíos del himeneo!

Tal le ocurría, sobre todo, al desgraciado Mosser. Empeoraba por momentos, y se juzgaba próximo a la convalecencia. Cualquier cambio, por nimio que fuera, reputábalo de buen augurio. Una noche de calma, ligera remisión de la fiebre, la cesación de la hemoptisis, hasta un rayo de sol alegrando el ambiente y arrebolando fugitivamente las céreas mejillas, bastaban para que el alentado mancebo olvidara su terrible dolencia y forjara para lo futuro las más dulces y halagüeñas ilusiones. Complacíase, sobre todo en sus ratos de amoroso coloquio con Emma, en dar rienda suelta a la fantasía. Y soñaba con huir, en compañía de la gentil enamorada, a la libre y despreocupada América del Norte. Allí, lejos del viejo mundo, emancipados de la autocracia de sabios egoístas y antipáticos, consagraríanse sin reservas a la inefable dicha de amarse, creando un hogar tranquilo y venturoso. Ni le inquietaba la vida material... Emma poseía algunos bienes en su país; además, con los conocimientos científicos adquiridos en el laboratorio de Forschung, no le sería difícil a él granjear una plaza de profesor en cualquier Universidad americana, acaso en Boston, la Atenas yanqui, metrópoli de la Harvard University, primera entre las primeras.

La simpática Emma, cuya belleza se había espiritualizado con el severo buril de la fiebre, asentía dulcemente a los alentadores proyectos de Mosser; pero, a decir verdad, sin grande entusiasmo, como quien se reserva el derecho de cambiar de opinión. En realidad, no participaba de las risueñas esperanzas del amante; una vaga inquietud, una indefinible tristeza embargaban su alma, cortando el vuelo de sus dorados ensueños. Por otra parte, la idea de abandonar para siempre al hijo de sus entrañas, traicionando descaradamente al sabio bueno y generoso cuyo glorioso nombre llevaba, la hacía estremecer de horror. Además, ¿podría abrigar esperanzas de curación definitiva? Al mirarse diariamente al espejo veía, descorazonada, que la calentura había hundido sus ojos, nimbándolos de azul, y que las rosas de sus labios se habían trocado en azucenas. Verdad es que, desde hacía dos o tres semanas, se sentía mejor y recobraba fuerzas; pero ¡cuán lentamente!

Una mañana de septiembre, precedida de una noche de tenaz insomnio y fatigosos y pertinaces accesos de tos, encontró Mosser a su amante en la galería. Adelantáronse instintivamente hacia la balaustrada y, cogiéndose las ardorosas manos, pasearon su mirada por el grandioso panorama de los Alpes.

Eran las nueve de la mañana. El sol, brillante y dorado, se elevaba majestuosamente sobre el horizonte, entibiando el ambiente e irguiendo hierbas y flores. Heridos oblicuamente por los amarillentos rayos, refulgían los glaciers con tonos ebúrneos, mientras que en los profundos repliegues de la nieve respetados por el sol reflejaba el cielo tonos azules. Oíase a lo lejos el sordo rumor de los despeñados arroyos y el mugido atronador de las cascadas, y más cerca, al pie de la colina en que se levantaba el sanatorio, sonaba el hacha del leñador, cuyos golpes, acompasados y secos, estremecían la selva y arrancaban ecos lejanos de las ingentes peñas. Remontando el valle por el vecino camino, venía guiando una carreta de bueyes robusto aldeano, la garganta y los brazos al aire, y en cuyos músculos, dorados a fuego de sol, brillaban, como en broncínea estatua, metálicos reflejos, y detrás seguía tropel pintoresco de muchachas frescas, rozagantes y alegres, cargadas con pesados cántaros de leche. En fin: a la derecha, en el arranque del sendero de las neveras, un grupo de excursionistas preparaba sus arreos para lanzarse a la conquista de los picos gigantes, silenciosos y augustos, bajo su milenaria túnica de nieve inmaculada...

Aquel latir de sangre roja y rebosante, aquel rumor de vida potente, de vibrante energía humana, produjo, por acción de contraste, penosa y melancólica impresión en el ánimo de Mosser. En cuanto a Emma, sombría tristeza velaba su frente; sus ojos, brillantes como carbúnculo en fondo de amatista, vagaban indecisos, contemplando lánguidamente, ora las escenas rientes del apacible paisaje, ora el rostro del abatido y caviloso Mosser... De repente, como impulsada por un pensamiento, hace tiempo contenido, exclamó:

—¡Ah Mosser, cuán malos somos! ¡Cuánto mejor fuera que sofocásemos una pasión criminal que ha de causar nuestra desgracia! ¿Acaso esta dolencia no es ya un castigo del Cielo?

—¡Amada Emma, tú deliras! ¿Castigo llamas al feliz accidente que nos reúne? Cierto que la enfermedad ha paralizado nuestros cuerpos; pero ¿no ha emancipado nuestras almas? ¿No hallas consuelo y fortaleza en las dulces confidencias de nuestro corazón, en la libre expansión de nuestros anhelos y esperanzas?

—Sí; pero es cosa bien triste nuestra libertad...

¡La libertad del dolor!

Y comprimiéndose la frente, como si quisiera desechar una idea obsesionante, añadió:

—Deseo, Mosser, hacerte una confidencia. Vivo desde hace tiempo atormentada por una cruel sospecha. Presumo que mi marido ha descubierto nuestra pasión, y, al vernos heridos de muerte nos ha abandonado a nuestro triste destino...

—¡Cómo!... ¿Tú crees? ¿En qué fundas tus presunciones?

—En dos hechos harto elocuentes y significativos: su indiferencia extraña hacia mí, que se remonta a una época posterior al comienzo de nuestra pasión, y la singular complacencia, verdaderamente incomprensible en un esposo suspicaz y celoso, de permitirte acompañarme al sanatorio.

—Permite, adorada Emma, que te diga que ambos hechos demuestran precisamente lo contrario. Recuerda que hace cuatro meses, enfermos los dos, y yo menos que tú, le rogué me consintiera seguirte a este establecimiento para velar por tu salud y noticiarle los progresos de la cura. Forschung no solo accedió a mi ruego, sino que agradeció cordialmente mis buenos oficios. Esta confianza, ¿no demuestra plenamente que ignora nuestros sentimientos?

—Quizá... Quiero creerte... De todos modos, hay que convenir en que son bien extraños su silencio y ausencia de más de tres meses. ¿No te parece insólita semejante conducta en un hombre, al parecer, enamorado de su mujer?

—Dices bien: al parecer. Aunque tenga que sufrir algo tu amor propio de mujer divina y adorable, permíteme expresarte que los hombres enfrascados en la investigación no aman más que a la ciencia. Entre una belleza y un microbio, optan por éste. Para ellos, la mujer representa, cuando más, un fugitivo y perturbador episodio de la edad juvenil. La pasión por la gloria no consiente sentimiento rival. Dime: si yo persiguiese afanosamente el aura engañosa de celebridad, ¿me embriagaría ahora con el perfume de tu aliento, me embelesaría con la luz de tus ojos y cifraría mi dicha en sondear tus más secretos sentimientos e ideas?

Y viendo más resignada a su adora Emma, prosiguió:

—Yo encuentro muy natural la conducta de tu marido, dado su ferviente amor a la gloria y al progreso. No ignoras, sin duda, que el ilustre doctor Funcke, director de este sanatorio, es gran admirador y amigo de Forschung, el cual, no solo le remite enfermos, sino sueros, vacunas y tuberculinas a ensayar para la cura de diversas infecciones crónicas. Tal ha sido, a mi entender, la principal razón que movió a tu marido a internarnos en este famoso establecimiento, donde se nos trata, fuerza es confesarlo, con miramientos exquisitos..., cual corresponde a los deudos de un sabio ilustre.

* * *

Un silencio penoso, solo roto a intervalos por dolorosos accesos de tos, siguió al referido coloquio. Y como viese Mosser que el velo de sombría tristeza volvía a nublar los ojos de su amada, cogió una de sus manos y, después de cubrirla de besos febriles, añadió:

—No temas, hija mía. Nuestra enfermedad, la terrible gripe que nos tiene postrados, va mejor. Recobraremos, no lo dudes, la fuerza y la salud. Tranquilízate, y sabe que, cualquiera que sea el giro de los sucesos, de mi cuenta corren tu seguridad y tú dicha...

Y creyendo adivinar la causa de la angustiosa melancolía de su amante, prosiguió, dando a sus palabras acento de alentadora confianza:

—No te preocupe tu hijo. El día, no lejano, de la dichosa emancipación lo recobrarás, y lo recobrarás de buen grado... Es tan generoso, tan indulgente, tan conocedor de las humanas debilidades el bonachón de tu marido, que...

* * *

En aquel instante trajo una camarera el correo, dejando sobre la mesa algunos diarios y revistas científicas. Repasábalos Mosser casi maquinalmente, cuando, al pasar la vista por un artículo científico, palideció de pronto, presa de la mayor ansiedad. Conforme avanzaba en su lectura, la disnea le ahogaba, palpitábale el corazón violentamente y, al fin, sin poder contenerse, salieron de sus labios furiosas y entrecortadas por roncos estertores, estas exclamaciones:

—¡Canalla! ¡Asesino! ¡Miserable!

Estremecióse la pobre Emma de terror al observar la exasperación de su amigo; pero, reuniendo sus fuerzas, tuvo entereza para arrancarle la revista de las manos y leer, con voz mojada por las lágrimas y trémula por los sollozos, lo que sigue:

Me confieso —escribía el doctor Forschung con arrogante seguridad— *unitarista convencido en lo que atañe a la etiología de la tuberculosis. En mi sentir, todos los bacilos de esta terrible enfermedad reconocen el mismo origen y pertenecen a la misma especie botánica; las diferencias que en punto a virulencia y a preferencias y acantonamientos sobre ciertos animales ofrecen son susceptibles de borrarse fácilmente, sometiendo dicho microbio a procederes de crianza y exaltación especialísimos. Merced a mi método de cultivo, el bacilo tuberculígeno aviario, el pisciario, el de la tortuga, el bovino, etc., conviértense en patógenos para el hombre, en el cual provocan gravísimas infecciones. De ello habíamos dado ya pruebas irrecusables con nuestras antiguas experiencias de inoculación del bacilo humano en los animales, faltaba, empero, la demostración definitiva, perentoria, de la transmisibilidad de la tuberculosis bovina al hombre. Motivos de un orden moral muy elevado nos detenían en el dintel de la ansiada verdad.*

Por fortuna, el azar ha salido a nuestro encuentro, ofreciéndonos la codiciada prueba. Por uno de esos descuidos inevitables en el laboratorio mejor ordenado, vertióse casualmente una pequeña cantidad de cultivo puro de bacilo de la tuberculosis bovina sobre el cajón de las etiquetas. Este cultivo era tan virulento, que un fragmento de gota mataba el conejo de Indias en pocos días, por septicemia, es decir, con una tuberculosis rapidísima, sin tubérculos (tipo Yersin). Un buey, un perro, una cabra, inoculados de igual modo, sucumbieron en menos de ocho días. Por desgracia, el infortunado mozo encargado de pegar las etiquetas, bien ajeno de la contaminación ocurrida, continuó, según costumbre, humedeciendo la goma con la punta de la lengua. A los quince días del referido descuido mostró en los labios hinchados un genuino tubérculo miliar, seguido rápidamente, gracias a la irresistible virulencia del germen, de infartos tuberculosos submaxilares y metástasis en el pulmón. Transcurrido menos de un mes de esta infección accidental, se presentó otra lesión igual en los labios y boca de la infeliz esposa del mozo del laboratorio, la cual, a pesar de mis formales prohibiciones, no quiso sustraerse a las peligrosas efusiones del amor conyugal.

Ocioso es decir que nos hemos asegurado de la naturaleza del mal, analizando, con las prudentes reservas, los productos patológicos, en los cuales hormigueaba el bacilo tisiógeno de Koch.

En la actualidad, ambos pacientes están en observación en un acreditado sanatorio suizo. Por informes recientes, podemos declarar que la tuberculosis se ha generalizado gradualmente, sobre todo en el varón, suscitando graves metástasis en el pulmón, hígado y bazo. Todo hace presumir un funesto desenlace, no obstante el racional tratamiento y exquisitos cuidados prodigados por el reputado doctor F***, que dirige la cura (a mis expensas, naturalmente, pues no debo olvidar que los pacientes contrajeron su dolencia en mi laboratorio). Espero, dentro de poco, que el protocolo de autopsia del más grave de los casos, es decir, del varón, demuestre...

Al llegar aquí, el desdichado Mosser, perdiendo la relativa calma con que escuchaba el tremendo relato, estrujó rabiosamente la revista entre sus puños crispados, en tanto que Emma, cubriéndose de mortal palidez, caía al suelo desvanecida. En el colmo de la desesperación, y con ademanes de loco furioso, desatóse el amante en violentos apóstrofes e imprecaciones:

—¡Esto es execrable, inaudito! —decía—. ¡Ah miserable! ¿Conque esperas nuestra autopsia? ¡Te equivocas!... ¡El autopsiado serás tú! ¡Corro hoy mismo a encontrarte, y verás cómo, a pesar de tus microbios exaltados, me sobran energías para estrangularte con mis manos!...

La escena desgarradora que se desarrolló después entre los amantes es de las que la pluma se resiste a traducir..., de las que demuestran la insuficiencia; y palidez del lenguaje emocional. Hay también un pudor para la pena honda... Respetémoslo.

¡Infortunados amantes! ¡Ellos que habían contado, inocentes, con el perdón o la condescendencia de Forschung! ¡Y vengarse así, de manera tan rastrera y solapada, haciendo alarde de una frialdad de corazón mil veces más abominable que los furores de la ira! ¡Qué vileza, aprovechar una infidelidad, provocada quizá, para convertir esposa y amigo en miserables animales de experimentos!...

IV

El desdichado Mosser, minado hasta lo hondo por la terrible infección, no pudo satisfacer sus terribles propósitos de venganza. Aquella misma noche fue atacado de copiosísima hemoptisis, sufriendo días después disnea tan angustiosa y agravada con fiebre tan intensa, que el doctor Funcke perdió toda esperanza de salvarle.

Poco después murió el infeliz amante, en la triste soledad de su departamento, sin que la pobre amiga de un día, recluida en el lecho por el recrudecimiento del mal, hubiera tenido el consuelo de velar y recoger el postrer aliento del escogido de su corazón. Por otra parte, aunque su salud la hubiese consentido rendir a Mosser los últimos piadosos tributos de la amistad y de la gratitud, el severo reglamento del sanatorio, que prohibía la promiscuidad sexual en las balas, se lo hubiera vedado. Para su alma, Mosser comenzaba a ser más que un esposo; para el mundo, era solamente un extraño...

Transcurrieron dos meses más. Despuntaba el invierno, que se estrenaba en aquellas soledades alpinas con copiosas nevadas. Con la aparición del frío, Emma recobró algo sus fuerzas, agotadas casi por la tremenda crisis que acababa de pasar. Un ligero carmín coloreó sus mejillas, y en sus claros ojos, humedecidos por lágrimas de sincero arrepentimiento, brilló por primera vez un rayo de esperanza. Poco a poco se apagaban las vibraciones del dolor y renacía la calma del espíritu, tan propicia a la restauración de las fuerzas como a la clara visión de los acontecimientos pasados. Con la serenidad del corazón sobrevino un sentimiento de justicia. Y al bucear, al través de los sombríos recientes acontecimientos, en las imágenes rientes de su memoria, advirtió que el recuerdo de Forschung perdía progresivamente sus tintas sangrientas y su gesto melodramático, humanizándose y suavizándose, en tanto que la imagen del romántico e impetuoso Mosser palidecía cada vez más, alejándose sucesivamente de la vibrante actualidad hasta parecer ensueño vano próximo a desvanecerse.

Impregnada de esa benevolencia precursora del arrepentimiento, llegó Emma hasta a disculpar la sañuda venganza de su marido, tan fríamente imaginada como inexorablemente cumplida.

«¿Acaso no ha tenido razón en el fondo? —exclamaba en sus soliloquios—. Cierto que obró alevosamente; pero ¿no fue también alevoso el agravio? Hubo, sin duda, en Forschung arrebato y desproporción evidente entre la ofensa y el castigo, toda vez que yo no me abandoné ciegamente a los caprichos del amante... De todos modos, debió de haberse conducido con más prudencia, provocando una explicación de mi parte, y acaso... Pero seamos sinceros: mi corazón no le pertenecía ya, y, tarde o temprano, la pasión contagiosa de aquel hombre ardiente, que me fascinaba con sus miradas y enloquecía con sus apasionados acentos, me hubiera conducido al deshonor y al escándalo...»

Emma decía la verdad. En realidad, era menos culpable de lo que parecía.

El afecto hacia Mosser fue una inclinación sensual, de piel afuera, sin raíces en el corazón y en el espíritu; simple afecto de sugestión, ardiente y avasalladora, si se quiere, pero fugaz, como todas las sugestiones. Por eso, desaparecido el hipnotizador, cesó el encanto. En presencia de Mosser, bello con belleza leonina, rebosante de juventud y de vigor, sentía desfallecer sus sentidos y nublarse la voluntad; pero en cuanto perdía de vista al irresistible seductor, la razón recobraba sus fueros, imponiéndose a los nervios sobreexcitados. Y, no obstante semejantes eclipses de la voluntad, y a despecho del idílico dúo de amor, cantado briosamente durante medio año, la esposa extraviada no llegó a manchar el honor conyugal, al menos en la medida en que la moral al uso gradúa las faltas irreparables. Hubo, ciertamente, complacencias criminales, arranques y efusiones de cariño más o menos sensual, efusiones que despertaron las sospechas del marido y motivaron el drama; pero, repetimos, quedó sin vadear el Rubicón de la honra. Es que, en medio de su impresionabilidad, Emma, como buena americana, era harto calculadora y prudente para entregarse sin reservas y exponerse a perder, acaso para siempre, una situación moral y económica excelente y envidiada.

Además —¿por qué no decirlo?—, durante aquellas homéricas luchas entre el querer y el deber, vino en su socorro, deteniéndola en la pendiente de las últimas concesiones, un delicado sentimiento de la maternidad. Poco antes de iniciar sus intimidades con Mosser, Emma se hallaba en estado interesante..., y se estremecía de terror ante la posibilidad de que un día las consecuencias de los extravíos de la madre recayeran en la cabeza de un ser inocente.

¡Ah! Si Forschung hubiera juntado al genio y a la gloria la juventud y la belleza, ¡cuán feliz hubiera sido Emma! ¡Qué dicha sentir satisfechos a un tiempo la inteligencia y los sentidos, la vanidad y el orgullo! Desgraciadamente, tamaña fortuna suele ser quimera irrealizable. Gloria, riqueza, consideración social, representan casi siempre el equivalente de un desgaste de lozanía y juventud. Desear simultáneos, y encarnados en un solo hombre, dones raros y exquisitos que la Naturaleza suele otorgar a hombres diferentes o, cuando más, a fases sucesivas de una misma existencia, es pretender que semilla sembrada en la tierra no destruya sus próvidos cotiledones ni disipe su vital energía al expandirse en lozano tallo y en flor hermosa y fragante.

V

La carta que el doctor Forschung recibió de su mujer, dos meses después de la muerte de Mosser fue un desahogo del corazón, un conmovedor relato de amarga desilusión y sincero arrepentimiento. Como sentimiento central y dominante campeaba el amor maternal. Deseaba Emma ver a su marido para implorar su perdón; pero ansiaba, sobre todo, abrazar al hijo de sus entrañas, purificándose y templándose en el Jordán de la ingenua inocencia y de los afectos vivos y eternos...

La carta terminaba declarando que en los devaneos de la esposa habían tenido mayor parte los sentidos y la fuerza de la juventud que los impulsos del corazón.

Solo la porción más débil y grosera de mi alma —le decía— estuvo a punto de rendirse; pero lo mejor de ella, el amor y veneración al sabio ilustre, el culto a su nombre inmaculado, la gratitud y afección al padre y al esposo, se salvaron por completo. Si en algo pequé, harto castigada estoy. Soy absolutamente sincera. Cara a la muerte, ¿puede fingirse?

Si algún lector ha tenido la paciencia de seguirnos

hasta aquí, dirá de seguro: «Los hombres de ciencia son fríos, orgullosos; poseen alma de sicario o de inquisidor; solazanse torturando a inocentes animales de laboratorio, porque no pueden cebar su cruel curiosidad en la carne palpitante del prójimo...»

¡Error profundo! Basta leer ligeramente los trabajos de los sabios para cerciorarse de que poseen un corazón exquisitamente sensible, más sensible que el de los demás hombres. Si no gozaran de mayor impresionabilidad, ¿sabrían descubrir nuevas verdades? Si no fueran susceptibles y puntillosos en cuestiones de prioridad, ¿caminarían en pos de la gloria? ¡Cuántos de ellos, aborrecidos injustamente por las sensibles solteronas de las sociedades protectoras de animales (el tercer sexo humano, según Ferrero), no duermen el día que han verificado vivisección sangrienta y emocionante!

Forschung era muy sensible a las heridas de la dignidad. Precisamente, a causa de esta hiperestesia del honor, se había vengado y había sentido amarguísimamente la deslealtad de su mujer. Pero ahora, lleno de generosa indulgencia, estaba pronto a olvidar su resentimiento.

A la verdad, las cosas habían cambiado mucho. No hay como la muerte para simplificar los problemas de la honra. El único posible pregonero de su desgracia conyugal había enmudecido para siempre, y en el corazón del sabio volvía progresivamente a renacer el antiguo amor a Emma, cuya aflictiva situación moral deploraba cordialmente. Conocía, además, por los frecuentes informes de su amigo Funcke, el notable alivio de la enferma y confiaba en su total restablecimiento, o por lo menos, en una mejoría temporal que consintiera el ensayo de remedios heroicos. Sobre esto, según veremos, tenía su plan.

A la sumisa carta de Emma contestó Forschung, sobre poco más o menos: *Mi querida y un poco extraviada esposa: Disculpo tus debilidades, de que me reconozco un poco responsable. Olvidé que el cerebro es un centro reflejo, y el albedrío, un radiómetro que se cree libre porque no ve la luz. Debía haber cuidado de tus impresiones y compartido equitativamente mi sensibilidad entre mis dos ídolos: la ciencia y tú, o, por mejor decir, tú y la ciencia, y aun cometer de cuando en cuando alguna infidelidad al segundo para evitar las represalias del primero. Tus claros ojos valían algo más que el ocular del microscopio, y tus pestañas merecían observación más atenta y ahincada que todos los bacilos y espirilos de mis cultivos. Pero en fin, aún puede ello enmendarse. Un descubrimiento prodigioso que acabo de hacer me asegura tu curación definitiva. Vivirás, pues, y gozarás de robusta salud y alegría para que puedas servir conjuntamente de testimonio del soberano poder de la ciencia y de la lealtad de tu arrepentimiento. Se me olvidaba: dentro de pocos días llegaré con tu hijo al sanatorio.*

VI

Y, en efecto, cierta mañana del mes de febrero llegó el doctor en compañía del encantador Max, desarrollándose la escena que el lector puede figurarse. La pobre Emma tuvo la inefable fruición de estrechar en sus brazos a su inocente hijo y de recibir del padre irrecusables y conmovedores testimonios de indulgencia. Enternecido y ocultando furtivas lágrimas, Forschung llevó su piedad hasta imprimir un beso apasionado en los descoloridos y suplicantes labios de su esposa...

—¿Qué haces? —exclamó Emma, consternada—. ¿Olvidas cuán contagiosa es mi enfermedad?

—No temas: conozco harto esos microbios y sé el modo de refrenarlos. Traigo para ti, según te anuncié en mi carta, un suero antituberculoso, de cuya eficacia estoy absolutamente seguro. Es un secreto terapéutico que no he divulgado todavía... Imaginabas que tu esposo te había abandonado, y te equivocabas de medio a medio. Desde el punto y hora que estalló tu enfermedad concebí la sospecha de que acaso tu culpabilidad no era tan grande como las apariencias mostraban; que quizá tu nerviosidad excesiva y la vehemencia y sensualidad del fingido Romeo te habían impresionado fuertemente, sin recibir, empero, completamente tu corazón, y pensé, además, que cualquiera que fuese el grado de complicidad de tu voluntad desmayada, no estaba yo autorizado para castigar de muerte a los culpables, sino, a lo sumo, para realizar alguna severa demostración que, atajando el extravío en sus principios, cediese en provecho y enseñanza de la Humanidad. Solo en la guerra es permitido matar; únicamente en la reñida batalla por la ciencia, librada en honor e interés de la raza humana, es lícito sacrificar a alguna víctima propiciatoria. Estas consideraciones y el ver el grave giro que tomaba la enfermedad, cosa que no esperaba, me incitaron a trabajar febrilmente en el hallazgo de un método terapéutico racional capaz de luchar ventajosamente contra el microbio o contra la acción de sus toxinas. Tu amor y el afán de salvarte multiplicaron mis fuerzas y me dieron la clarividencia necesaria para el acierto. Al principio, los conejos tuberculosos tratados con dicho suero antibactericida y antitóxico experimentaban no más fugaces alivios; después, modificando el procedimiento de elaboración del remedio, las mejorías se sostenían; en fin, a fuerza de tanteos y de interminables pesquisas, logré un producto que detiene bruscamente en los animales, incluso en los de gran talla, el curso del mal, aniquilando a los bacilos y promoviendo franca convalecencia. He aquí —dijo, mostrando a Emma un tubo cerrado a la lámpara, donde brillaba un líquido ambarino y viscoso— el precioso elixir. A fin de darle concentración y virtualidad indispensables, he debido sacrificar treinta cabras y diez caballos. ¡Caro cuesta el remedio; pero tu salud y mi felicidad bien merecían este pequeño sacrificio! ¡Lástima grande que el atolondrado y petulante Mosser haya sucumbido antes de mi salvador descubrimiento!

La pobre Emma, transfigurada por la felicidad y la emoción, solo pudo responder:

—¡Ah mi querido Max, cuán bueno eres!...

VII

Gracias al empleo del suero de Forschung, pudo Emma, al cabo de mes y medio, abandonar, completamente curada, el sanatorio.

Un viaje a Italia en compañía del esposo, cada vez más enamorado de su cara mitad, acabó de fortalecer la naturaleza de Emma, renovando, con la lozanía del color y la turgencia del rostro, la ingenua y comunicativa alegría de otros tiempos, ya pasados.

Fue una segunda luna de miel, que les recordó inolvidable gozada bajo el ardiente sol de Oriente entre palmeras y sicómoros.

Aquella excursión fue como una esponja que borró dolorosos recuerdos y preparó a los esposos para nueva y fecunda existencia. Recobrada la tranquilidad del hogar, Forschung se entregó con crecientes entusiasmos a las tareas de la investigación y de la enseñanza. Y, para colmo de ventura, Emma dio a luz con toda felicidad una hermosa niña, limpia de la temible tara tuberculosa y con ojos amarillo-verdosos y el bermejo pelo de Forschung. Estos cabellos tranquilizaron al sabio tanto como aquellos otros le atormentaron.

Pero el afortunado investigador era demasiado conocedor de las flaquezas del corazón humano y de la psicología de su mujer, cuya impresionabilidad y sugestibilidad temía, para exponerse a nuevos contratiempos. Por prudencia, Emma dejó de asistir al laboratorio oficial y de alternar con los alumnos y ayudantes. Ocupábanle ahora las faenas y cuidados del hogar y la vigilancia y educación de sus hijos, dulces tareas de madre que ella no cambiara por todos los Mossers del mundo. Y en los ratos libres ayudaba solícitamente al sabio, ordenando la biblioteca, dibujando y fotografiando preparaciones microscópicas, consultando textos y monografías (para simplificar las pesquisas bibliográficas exigidas por las publicaciones de Forschung) y contestando la correspondencia. Esta actividad incesante, unida al desdén de las equívocas satisfacciones de la vanidad, descartaron de su alma enfermizos y peligrosos romanticismos. El amor de madre, precioso derivativo moral, amortiguó el ardor de sus sentidos que no se estremecían ya ante las subyugadoras miradas de los arrogantes Lovelaces.

A pesar de lo cual, repetimos, Forschung no se hacía ilusiones. El contraste físico entre los esposos se acentuaba de día en día. El rudo batallar de la ciencia había consumido el vigor del sabio, que, al mirarse al espejo, descubría con pena sus sienes deplorablemente blanqueadas por las canas, ¡esa ceniza del pensamiento!, y el vértice de su cráneo calvo, liso y brillante, como lamido al fin por el eterno rodar de las ideas.

En cambio, la arrogante Emma, refractaria a la acción del tiempo y a los desgastes que hasta en las más vigorosas y estoicas naturalezas produce el oleaje del dolor, conservaba admirablemente su belleza, y aun parecía haber crecido en gracias y seducciones. El dulce sosiego del corazón, confortativo de primer orden, había prestado a sus ojos esa brillante finura de dibujo propios de la niñez, y sus cabellos, antes excesivamente pálidos, ostentaban ahora un rico y jugoso tono bistre dorado, que realzaba maravillosamente la inmaculada blancura del cutis.

Evolución tan divergente de la morfología exterior de los cónyuges preocupaba profundamente a Forschung, quien, por cada día, se encontraba más disonante y ridículo, cuando, por imposiciones de la higiene o los mandatos de la cortesía, debía acompañar a su esposa en paseos y visitas.

«¡Ah, si yo pudiera —pensaba el sabio para su capote— descubrir un suero que me rejuveneciera como a Fausto, o que al menos contuviera mi decadencia y me consintiera esperar tranquilo el dulce y lento declinar de mi querida Emma! Más, por desgracia —añadió—, el filtro de larga vida, el hallazgo de la maravillosa y vivificadora fuente de Juvencio es loca quimera. ¡Qué sueño tan hermoso! ¡Y qué insistente es el umbral de la vejez, precisamente en la edad en que la Naturaleza debiera, por piedad al menos, infundir al hombre deseo de inercia, acomodación sumisa a la muerte y al olvido! ¡Ahí es nada! ¡Remontarse desde la vecindad del mar de la muerte, por el río impetuoso del tiempo, hasta cerca de la montaña y pararse en las orillas del bullicioso arroyo de la juventud, es decir, enfrente de los más rientes y floridos vergeles y de las más luminosas y seductoras perspectivas! ¡Qué sublime delirio! Desdichadamente para los Faustos, la vida, función de la materia y del tiempo, representa un mero mecanismo y se halla sujeta, cual las máquinas de la industria, a irreparable desgaste. Nuestro dominio, más nominal que real, sobre el maravilloso Clavileño en que cabalgamos a través de un cielo de ilusiones y de esperanzas, se reduce a reglar la velocidad del motor, consumiendo más o menos rápidamente la provisión de energía que se nos otorgó al nacer. El ocioso economiza combustible creyendo vivir más y suele vivir menos, porque la pereza del movimiento acarrea la oxidación de la máquina, y el carbón, o dígase grasa, sobrecarga y entorpece el corazón vacío de sentimiento y el cerebro huero de ideas. El sabio, el artista, el héroe, el jornalero, fuerzan la máquina y agotan el carbón antes del término natural del viaje..., cuando no descarrilan, ora en los áridos campos de la neurastenia y del surmenage, bien en el abismo aterrador de la locura. Solo el morigerado, el que sin derrochar el combustible camina a regular velocidad, suele llegar sin averías a la decrepitud, término natural de la existencia... Mas —continuó Forschung, por cuya mente pasaron rápidamente los transcritos pensamientos—, puesto que en el orden de los procesos fisiológicos es más fácil correr que pararse o retroceder, ¿por qué (viniendo a mi caso particular) en vez de soñar con el absurdo de igualarme con mi mujer no intento igualarla conmigo? Hemos rechazado por utópico el elixir de larga vida, pero ¿lo será también el encuentro de un suero de envejecer? Un sabio ilustre ha considerado posible el descubrimiento de sustancias capaces de detener la decadencia del cerebro, cuyas células serían víctimas (en su sentir) de la insaciable voracidad de los fagocitos o elementos conectivos. He aquí una terapéutica que me parece bastante problemática, por fundarse verosímilmente en un falso supuesto; no obstante, si la conjetura de Metchnikoff, el sabio aludido, hubiera de tomarse en serio (por fundarse en hechos reales, es decir, en la existencia dentro de las células nerviosas y musculares juveniles de sustancias quimiotécnicas negativas que mantuvieran a raya a los fagocitos) nada tendría de particular, discurriendo desde mi punto de vista, que en los tejidos seniles habitasen también otras materias reclamos excitadoras, en sentido positivo, de la acción fagocítica determinante de la destrucción y ruina de los órganos nobles...»

Al llegar aquí interrumpió el sabio bruscamente sus reflexiones, exclamando:

—¡Entendámonos! Me agradaría hallar un suero de envejecer, pero que envejeciera solamente por fuera, superficialmente, reservando los órganos nobles y algunas graciosas ruedas de la máquina vital; un suero, en fin, que, a ser posible, se limitara a madurar un tanto la peligrosa belleza de mi mujer, añadiendo algunas canas a su espléndida cabellera, modelando discretamente en su turgente y nacarino rostro algunas suaves arrugas, esfuminando con un poco de gordura la finura y elegancia de las líneas, imprimiendo, en fin, al conjunto el sabor y colorido del fruto sobresazonado y un tanto empalagoso...

* * *

Todas las maravillas de la civilización han sido alguna vez puras fantasías de soñadores. Pero a lo mejor llega una cabeza sólida y obstinada, reflexiona profundamente y el ensueño del poeta se convierte súbitamente en hecho real, en criatura industrial viva y pujante, generadora de riqueza y fecunda en goces morales e intelectuales. Así ocurrió con la estrafalaria fantasía de Forschung. Desechóla al Principio, cual quimera irrealizable; se paró después a meditar sobre ella, y conforme se engolfaba en el análisis, advirtió que el descubrimiento de la decadencia, sin ser empresa llana, representaba un problema abordable en principio. Animado por este primer resultado, llevó la cuestión al terreno experimental; desentrañó la composición morfológica y química del tegumento de los decrépitos; determinó las causas próximas de la calvicie y canicie, de la flojedad elástica del rostro, generadora de arrugas, de la atrofia de glándulas y panículo adiposo. Y, burla burlando, nuestro sabio, habilísimo en el manejo de los cubiletes de la química, logró extraer de la piel y tejidos internos de perros seniles, gatos y caballos avejentados y caducos, un principio (semejante al encontrado en los órganos de los hombres centenarios) susceptible, a pequeñas dosis, de atrofiar las glándulas cutáneas, de decolorar el cabello y fruncir la piel.

Verificáronse las primeras experiencias en un asilo de caridad, con veinte prostitutas incorregibles y sifilíticas. Brillante fue el resultado. Quince días después de la inyección subcutánea del estupendo licor, muchachas de dieciocho a veinticinco años quedaron convertidas en señoronas de cuarenta y cinco y fueron regeneradas por completo, que no hay mejor moralizador que la pérdida de la belleza. Pero lo que satisfizo más a Forschung fue el observar que el remedio poseía acción puramente local limitada, con exigua difusión en superficie, al territorio cutáneo inoculado.

La *senilina* —así la bautizó el sabio— gozaba de innegables virtudes *antitegumentarias*, es decir, marchitadoras del cutis y partes accesorias, respetando íntegramente el vigor de los órganos internos.

Seguro ya el previsor marido de los efectos fisiológicos de la senilina, dio parte a su cara mitad del descubrimiento, así, como del doloroso sacrificio que estimaba prudente imponer a su hermosura, a título de futura garantía de la paz y felicidad del hogar. La dócil Emma, que al fin era mujer y le gustaba agradar, arriesgó al principio algunas tímidas observaciones; pero como éstas fueron mal acogidas resignóse al experimento, no sin que antes le tranquilizara Forschung, asegurándole que la madurez solo interesaría un área insignificante del organismo, a saber: el rostro y el cabello, y que las gentes, si es que reparaban en el cambio, se limitarían a añadir a sus veintiocho abriles unos cinco o seis eneros a lo más.

Y a fin de efectuar con libertad la transmutación, emprendieron los esposos viaje de placer. A la manera del cinematografista, que para mejor ilusionar al público procede al cambio de las vistas fotográficas durante los eclipses instantáneos de foco eléctrico, así Forschung, al objeto de recatar el tránsito violento de las dos fases de juventud y madurez de Emma, apagó la luz de la curiosidad, ausentándose de Wurzburgo y pasando larga temporada en Inglaterra y en los Estados Unidos.

Meses después, regresaba del viaje la pareja, los amigos y conocidos de Forschung sufrían un ataque agudísimo de curiosidad. Veían a los esposos y no acababan de dar crédito a sus ojos. La vida regalona del hotel, la influencia tonificadora del aire libre y el reposo mental casi absoluto habían rejuvenecido a Forschung, mientras que, por el contrario, la belleza de Emma había declinado visiblemente, adquiriendo esos tonos rojizos y esa amplitud de superficie visible, propios del sol que se pone. ¿Qué había ocurrido?

Nadie lo sabía; pero por lo mismo todos imaginaron lo menos verosímil. Muchos dieron en pensar que la compañera del doctor era una hermana mayor de la infeliz esposa, fallecida, sin duda, durante el largo y azaroso viaje; sin duda, el desaprensivo de Forschung; sin respeto a la memoria de la muerta ni guardar el luto que es de rigor, se había casado o arreglado con la cuñada... ¡Estos genios de la ciencia son tan estrafalarios!

Y a la verdad, esta versión disparatada, que el sabio no trató de atajar, se presentaba con todos los caracteres de la verosimilitud, porque la infeliz Emma ofrecía enteramente el aspecto de una hermana mayor, bastante ajada y marchita, de sí misma. Consolóse, empero, de su transformación al advertir la pasión y vigor crecientes del marido y el cándido amor de los hijos, en cuya educación puso el sobrante de ternura no saturado por el corazón de Forschung. El cual, libre de moscones y de cuidados domésticos, pudo entregarse libremente a perfeccionar sus maravillosos descubrimientos.

VIII

Antes de terminar el relato deseo satisfacer una legítima curiosidad del lector, el cual, si es un poco aficionado a la industria, sentirá comezón por averiguar cuál fue la suerte científica y comercial de la famosa *senilina*. *A priori,* parece que una panacea contra la juventud sea un mal negocio. No hay que pensar siquiera en buscar consumidores del insólito artículo en las veleidosas coquetas de diecisiete abriles, ni en las cartilagíneas solteronas de cuarenta y cinco otoños, ni siquiera en los viejos alegres y casquivanos de bigote teñido y bisoñé, artificios contra los cuales nada podría, naturalmente, el citado elixir de envejecer.

Más como no seamos dados a juzgar de las cosas por meras impresiones, hemos pedido informes al doctor Forschung (de quien somos fervientes admiradores) acerca del porvenir económico del extravagante remedio.

Y he aquí algunos expresivos párrafos de la interesantísima respuesta:

Creí en un principio —escribe Forschung— *que la senilina, fuera del caso particularísimo para que fue ima-*

ginada, constituiría una mera curiosidad de laboratorio, uno de tantos cuerpos orgánicos en ina descubiertos por la síntesis química, y que, faltos de aplicación industrial, duermen el sueño de los justos en los polvorientos anaqueles de las fábricas de productos farmacéuticos. Por fortuna, nos hemos equivocado. La nueva senilina, que debiera llamarse antifreniatina, porque ha sido modificada mediante la adición de extracto de cerebro senil y el descarte de algunos principios antitegumentarios, tiene ante sí un espléndido porvenir.

Por de pronto, ensayada cuidadosamente en delincuentes y locos por una comisión de médicos legistas, ha producido, mediante inyección intravenosa, sorprendentes efectos psíquicos, resultando ser un soberano moderador de los impulsos criminales y un maravilloso sedante de la voluntad. En los locos furiosos, cinco gotas cada semana hacen inútil la coacción de la camisa de fuerza, y dos gotas diarias determinan en sanos y enfermos la abulia más completa. En realidad, el nuevo producto obra envejeciendo los centros nerviosos; es decir, trayéndolos a la situación de inercia mental, torpeza de memoria, frialdad emotiva y misoneísmo característico de la caducidad; todo ello sin perjuicio de la pujanza de músculos y vísceras, que se mantienen en estado juvenil.

Pero hay más. Algunos sociólogos individualistas, preocupados por la creciente amenaza del socialismo y anarquismo, han emprendido (con la consiguiente reserva) ensayos de inoculación de la nueva senilina en las

*clases desheredadas y conseguido resultados verdadera-
mente alentadores. No menos interesantes son los éxitos
obtenidos recientemente por las misiones alemanas del
África central. Según carta del reverendo Schaffer, que
a la vista tengo, dicha panacea es un poderoso auxiliar
de la evangelización, puesto que debilita notablemente el
rudimentario sentido crítico de las tribus negras y apaga
el ardor y fanatismo de los santones mahometanos.*

*En vista de lo cual no extrañará usted una noticia que,
en secreto, voy a revelarle. Por conducto de las respectivas embajadas en Berlín, ciertos políticos de aquellas
naciones, que cierto estadista inglés calificó de moribun-
das, me han encargado a toda prisa grandes remesas de
la antifrenilina, pues desean emprender, en gran escala
experiencias de pacificación química de los espíritus le-
vantiscos. Pretenden, y acaso estén en lo cierto, que dicho
producto es un irreemplazable resorte de gobierno, toda
vez que es susceptible de refrenar las rebeldías de las mu-
chedumbres hambrientas, de desbravar la originalidad
peligrosa de pensamiento y de aniquilar de una vez el
inmoderado afán de novedades filosóficas y políticas.*

*Gracias, pues, al mercado inagotable representado por
los aludidos pueblos, espero ganar millones y adquirir
gloria inmarcesible. Por donde verá usted que el doloroso
sacrificio de Emma, mil veces más grande y heroico que el
de la legendaria Ifigenia, no ha sido estéril para la prosperidad de mi familia y la paz y modorra definitivas de la
más desdichada parte de la Humanidad.*

¡Dios mío! ¿Será cierto que los estadistas españoles han fiado el orden social a los efectos salvadores de la senilina? Señales harto significativas hay de este definitivo desahucio del alma nacional...

Si ello se confirma y semejante vacunación se establece con carácter obligatorio, preparémonos todos a ganar el Cielo después de abandonar la Tierra a los despiertos enemigos de nuestra raza. ¡Senilinas a nosotros..., en cuyos cartilagíneos cerebros existen ya en proporciones desconsoladoras tantas *misticinas*, *decadentinas* y *misoneínas*, triste legado de edades bárbaras y de una pereza mental de cinco siglos!

El fabricante
de honradez

I

El doctor Alejandro Mirahonda, español educado en Alemania y Francia, doctor en Medicina y Filosofía por la Universidad de Leipzig, discípulo predilecto de los sabios hipnólogos doctores Bernheim y Forel, solicitó y obtuvo, de vuelta a su patria, la titular de la histórica, levantisca y desacreditada ciudad de Villabronca, donde se propuso ejercer su profesión y desarrollar de pasada un pensamiento que hacía tiempo le escarabajeaba en el cerebro.

Mas antes de referir las hazañas del prestigioso personaje, debemos presentarle a nuestros lectores.

Comencemos por declarar que hay ministerios tan elevados y solemnes que no pueden realizarse con un físico cualquiera. Un cirujano aspirante a la celebridad debe tener algo de atleta, de guerrero y de inquisidor. Al comadrón le caen pintiparadas manos suaves, afiladas y femeniles, estatura liliputiense y carácter untuoso y apacible. Pero el médico alienista metido a sugestionador fracasará como le falten el solemne coranvovis del profeta y la barba y ojazos de un Cristo bizantino.

Afortunadamente, en el doctor Alejandro Mirahonda casaban maravillosamente la figura y la profesión.

Poseía aventajada estatura, cabeza grande y melenuda, donde se alojaban pilas nerviosas de gran capacidad y tensión, barbas tempestuosas de apóstol iracundo, ojos enormes, negrísimos, de mirar irresistible y escudriñador, y de cuyas pupilas parecían salir cataratas de magnéticos efluvios. Eran sus cejas gruesas, largas, movibles, serpenteantes; parecían dotadas de vida autónoma; diríase que, al fruncirse con expresión de suprema autoridad, amarraban entre sus pliegues al interlocutor, fascinándolo y reduciéndole a la impotencia. Tenía, además, voz corpulenta, con honores de rugido, que sabía domar, transformándola, según las circunstancias, en música suave, dulcísima y acariciadora; y labios carnosos, bien proporcionados, de ordinario inmóviles, para dar, por acción de contraste, mayor eficacia a la expresión de los ojos y a los relampagueos del pensamiento y para imitar también la augusta y misteriosa quietud de la estatua de Apolo en Delfos.

Añadamos a estos atributos físicos una palabra arrebatadora, colorista, que fluía sin esfuerzo alguno del inagotable depósito de su memoria, voluntad férrea e incontrastable..., y se tendrá idea de todo el enorme ascendiente que Mirahonda ejercía sobre sus amigos, deudos y clientes.

Para él imponer ideas o suprimir las existentes en las cabezas dóciles; causar en las histéricas y aun en personas sanas y en estado viril alucinaciones negativas y positivas, metamorfosis y disociaciones de la personalidad fenómenos motores y sensitivos...; en fin, cuantos estupendos milagros se atribuyen a santos y magnetizadores..., era cosa de juego. Bastábale para ello una mirada impetuosa o una orden verbal.

Durante los primeros meses de su estancia en Villabronca dedicóse exclusivamente a preparar el terreno de la estupenda experiencia que meditaba. Prestaba casi de balde al vecindario sus cuidados médicos; asistía con su señora —una espléndida rubia alemana que subyugó para siempre con una mirada— a todas las reuniones y saraos; inscribióse como socio en los dos casinos de la ciudad (el de los burgueses y el de los obreros); contribuyó con largueza al socorro de los menesterosos, y, en fin, a fuerza de ciencia, de amabilidad y de llaneza, captóse de tal modo las simpatías y admiración de sus convecinos, que no alcanzaban éstos a imaginar cómo un hombre de tanto mérito y de tan peregrinos talentos se había allanado a vivir en tan apartado rincón.

Conforme les ocurre a todos los grandes iluminados, en aquel concierto de simpatías destacaba la sonora y amorosa voz de las mujeres, a quienes turbaba y embobaba la presencia de tan arrogante y viril ejemplar del *animal humano*. Es que la mujer, según afirmó madame Necker de Saussure, «posee un yo más débil que el del hombre»; un yo que se siente flaco y busca instintivamente la fuerza y la voluntad. Obedeciendo sin duda a un mandato previsor de naturaleza, la hembra verdaderamente femenil se estremece de placer y se siente deleitosamente esclava al aspirar de cerca el aura del tirano viril y triunfador, del prototipo de la energía y de la inteligencia, del hombre hombre...

La admiración contenida y respetuosa en las señoritas honestas adoptó en algunas casadas ardientes y Magdalenas sin arrepentir tonos poco decorosos y actitudes harto provocativas... Una de las más atrevidas y propasadas con el doctor fue la esposa del registrador, graciosa morena que se aburría y marchitaba entre escrituras y mamotretos; mas nuestro sabio, fiel a su principio de que el fascinador no debe nunca ser fascinado, so pena de perder todos sus prestigios, cerró los ojos y los oídos ante aquella ola amenazadora de amor pecaminoso. Además, digámoslo en su honor, amaba demasiado a la dulce Roschen Baumgarten, a la hermosa y gallarda hija del Norte, a la opulenta heredera que en un arrebato de pasión puso su belleza y sus millones a los pies del ardiente hijo del Mediodía, para no evitar a su cara mitad el menor pretexto de reproche.

Ocioso es decir cuánta fue su reputación profesional. Muy pronto la fama de sus curas maravillosas trascendió del término de la ciudad y se extendió a toda la provincia. Parecía su casa iglesia en tiempo de jubileo, y tan alto rayó su crédito de diagnosticador infalible, que se juzgaba torpeza insigne e imperdonable negligencia el morirse sin haber oído de sus labios la ardua, la definitiva sentencia.

Más no se crea que la esfera de su influencia se circunscribía a los dominios patológicos e higiénicos. Hombre de talento y de sólida cultura, que había viajado mucho y leído más, aspiraba a ser, y lo consiguió rápidamente, el amigo de confianza y el obligado consejero de sus convecinos. Respondiendo a tan meditado propósito, dio en el casino una serie de conferencias, acompañadas de demostraciones, sobre una porción de temas a cual más interesantes para un pueblo eminentemente agrícola e industrial: higiene doméstica y popular; enfermedades de las plantas; el pauperismo y el problema obrero; las instituciones de caridad y cajas de ahorro; los abonos minerales; la industria pecuaria, etcétera. En cuyas conferencias, además de embelesar a los oyentes con los primores de una forma impecable cuajada de imágenes felices, lució erudición pasmosa y espíritu práctico extraordinario.

Nada tenía de extraño, pues, que, granjeada tan grande autoridad, acudieran a Mirahonda en demanda de luces el alcalde y el juez, el agricultor y el obrero, los cuales aceptaban de buen grado su dictamen, porque nuestro héroe sabía convencer sin humillar y adjudicaba generosamente a cada cual la parte de ciencia y de razón que le era debida, descartando hábilmente de todo mal negocio o yerro evidente el factor ético e intencional y atribuyendo el daño al azar, a la fuerza mayor, a las circunstancias o a la inconsciencia. La gente del pueblo, a quien impresionaban por igual su ciencia y su figura, llamábalo el Cristo.

Como se ve, en torno de aquel hombre singular y extraordinario formábase dorada leyenda, digna de los felices tiempos apostólicos: lo que prueba —dicho sea de pasada— que, no obstante los fulgores de la ciencia, una gran parte de la sociedad actual vive todavía en la ingenua y sombría edad en que hablaban los dioses, aterrorizaban los demonios y se hacían milagros.

II

Distaba mucho de ser Villabronca modelo de pueblos pacíficos y morigerados. De día en día cundían el desorden y la liviandad, sobre todo desde que la ciudad, enriquecida con el arribo de opulentos emigrantes, se había hecho eminentemente industrial. A despecho de los sermones del párroco y de los enérgicos bandos del alcalde, la creciente marea de robos, borracheras, riñas, desacatos a la autoridad, depravación de costumbres, subía que era un desconsuelo. El alcoholismo hacía estragos entre los obreros. Ni bastó para atajar la pública inmoralidad la creación de un pequeño Cuerpo de guardias del Orden Público y el aumento del contingente de la Guardia Civil.

Aquello no podía continuar así. Celebróse en el casino junta de clases directoras, de honrados padres de familia, justamente alarmados ante el creciente desorden. Animados de los mejores deseos, cada cual propuso su receta. Se discutió mucho y acaloradamente... Pero los individualistas sacaron el Cristo del habeas Corpus, del derecho al alcohol..., y no se acordó nada.

Entre tanto, Mirahonda se frotaba las manos de gusto. El momento de la experiencia psicológica se acercaba... y había que preparar aprisa los cubiletes.

Cierto día convocó a lo principal del pueblo en el casino y anunció con voz entrecortada por la emoción que acababa de descubrir, por un azar felicísimo de laboratorio, un suero de maravillosas virtudes.

—Este suero —decía el doctor—, o dígase antitoxina, goza de la singular propiedad de moderar la actividad de los centros nerviosos donde residen las pasiones antisociales: holganza, rebeldía, instintos criminales, lascivia, etcétera. Al mismo tiempo exalta y vivifica notablemente las imágenes de la virtud y apaga las tentadoras evocaciones del vicio...

Permitidme que os cuente en breves términos el resultado de los experimentos recientemente emprendidos con el referido suero en el hombre y en los animales. Una gota del estupendo licor transformó un lobo furioso en can sumiso, leal y apacible. Con la mitad de la dosis un águila hambrienta aborreció la carne, y un gato olvidó el odio secular a los ratones...

En el hombre son menester dosis mayores para producir efectos constantes de transmutación psicológica. Y aunque las experiencias efectuadas en este dominio abarcan un corto número de personas y de modalidades pasionales, los resultados han sido tan sorprendentes que no resisto a la tentación de referirlos.

Inyectados bajo la piel de un alcohólico cinco centímetros cúbicos, perdió el paciente toda afición a las bebidas fermentadas. La misma cantidad aplicada, respectivamente, a un ratero profesional y a cierto matón de oficio abolió definitivamente en ellos la impulsión del delito y los convirtió en pocos días en personas morigeradas e inofensivas. Con parecido tratamiento han llegado a olvidar sus antipáticos hábitos un morfinómano y una ninfomaníaca.

En vista de tan elocuentes hechos, de cada día más numerosos y convincentes, espero no juzgaréis quimérica una esperanza hace tiempo acariciada por mí e inspiradora de porfiadas y laboriosísimas investigaciones: conseguir, por el empleo de medios exclusivamente materiales y nada coercitivos, la purificación ética de la raza humana y la conversión de los viciosos y criminales en personas probas, decentes y correctísimas. Abrigo la firmísima convicción de que una dosis suficiente de mi suero antipasional, inyectada bajo la piel del cráneo, transformaría en varón impecable al facineroso más empedernido.

Inmediatamente el avisado doctor, que sabía bien que las cabezas fuertes no se persuaden con relatos más o menos verosímiles, sino con pruebas de visu, irrecusables, procedió a las demostraciones. Hizo seña a sus ayudantes, los cuales trajeron de una cámara próxima las personas y animales sometidos a experiencias. Con asombro de la concurrencia, hasta entonces fría y un tanto escéptica, quedaron plenamente patentizadas las aseveraciones de Mirahonda.

¡No era posible dudar! ¡El estupendo suero antipasional había hecho perder a los animales carnívoros sus sangrientos instintos! ¡Y los hombres se habían transfigurado, como si una ráfaga de fe hubiera iluminado y elevado sus almas! La prueba resultó tanto más brillante y abrumadora cuanto que las personas en tratamiento —un alcohólico, un fumador, un jugador y un camorrista— eran bien conocidas del público. Y cuando, por las referencias de las respectivas familias y amigos, se persuadió la concurrencia de la realidad de la transformación psicológica...; cuando vio a los tratados rechazar con horror el aguardiente, el tabaco y la baraja...; cuando supo por los capataces de las fábricas que aquellos viciosos regenerados no habían faltado durante el mes un solo día a su labor...; entonces un aplauso cerrado, entusiástico, ensordecedor, resonó en la sala, llenando de íntima satisfacción al ilustre conferenciante.

Al día siguiente vio nuestro doctor, a la hora de la consulta, duplicada su habitual clientela. A los enfermos físicos se añadieron los enfermos morales. Histéricas enamoradas de su criado, muchachos díscolos e incorregibles, maridos borrachos y pendencieros, calaveras corrompidos y noctámbulos, estudiantes gandules y mujeriegos, etcétera, traídos casi a la fuerza por sus respectivas familias desfilaron, en procesión inacabable, para someterse a la famosa vacuna moral.

Transcurridos dos meses de la inolvidable conferencia, el entusiasmo y la convicción de las clases directoras de Villabronca fueron tan grandes, que el Ayuntamiento en masa, asesorado por la opinión del juez, del registrador, del presidente del casino, del maestro y el cirujano, declararon, en un bando célebre, la nueva vacuna obligatoria para todas las personas mayores de doce y menores de sesenta años, sin distinción de sexo ni de condición social. ¡Aquellos previsores ediles estimaron, sin duda, que harto vacunadas están la vejez con su debilidad y la infancia con su candor!

Al principio, según podrá presumirse, los salvadores acuerdos del cabildo chocaron con algunas dificultades. Los habituales del vicio, y particularmente los viciosos esporádicos, es decir, los que se complacen en echar de cuando en cuando una cana al aire, protestaron indignados. En fogosas arengas declararon aquella medida atentatoria a los más sagrados derechos del ciudadano y hasta ofensiva a la inmaculada dignidad de Villabronca, toda vez que envolvía el supuesto, a todas luces injusto, de la inmoralidad colectiva y medía con el mismo rasero la probidad y el libertinaje, el respeto a la ley y la violación del derecho.

Tan delicada cuestión fue llevada a las columnas del único periódico local, un semanario titulado *El Cimbal de Villabronca*, que redactaban el empresario de recreos del casino, un contratista de carreteras aprovechado, un comandante retirado por no ir a ultramar, dos estudiantes legistas suspensos a perpetuidad y un abogadete sin pleitos. Estos tales —los intelectuales, como ellos se llamaban— discutieron desde varios puntos de vista la manoseada cuestión de la ilegitimidad de las medidas preventivas, al principio con formas moderadas, después con apasionamiento sectario. Semejante campaña, emprendida o inspirada por perillanes y libertinos incorregibles, arreció coincidentemente con la subvención otorgada a El Cimbal por los dueños de timbas, tabernas y casas de lenocinio, cuyos industriales recelaron, no sin lógica, una considerable baja en sus vergonzosos negocios si prevalecían los proyectos de Mirahonda.

En cuanto a los proletarios, hallábanse divididos. La mayoría de ellos, sugestionados por la autoridad y generoso altruismo del doctor, y sobre todo por el ascendiente de las mujeres (que Mirahonda tuvo buen cuidado de ganar a su causa), se decidieron por el novísimo tratamiento moral; pero algunas malas cabezas, anarquistas enardecidos, rechazaron redondamente el suero, temerosos sin duda de que esta medicina amortiguara la saña del proletariado hacia la odiosa burguesía, templara en las épocas de huelga la entereza de los trabajadores y retrasara, en suma, la fecha de triunfo —según ellos cercano— de la tremenda revolución social.

Pero quien con más arrogancia y celo rompió lanzas contra la novísima panacea psicológica fue el padre de almas. En sermones atestados de latines, de lugares de los santos padres y de apotegmas de filosofía moral, intentó probar que las famosas experiencias del médico eran artimañas y tentaciones del demonio, comparables en el fondo a las manipulaciones y experimentos de magnetizadores y espiritistas. Y añadía que, aun en el supuesto caso de que en la producción de tan insólitos fenómenos no tuviera Lucifer arte ni parte, siempre resultaría incuestionable que el famoso suero obraba directa y selectivamente sobre las misteriosas fuentes del libre albedrío, restringiendo, por consiguiente, el cauce de la libertad moral y haciendo, por ende, punto menos que ilusoria la responsabilidad civil y el mérito y demérito de las acciones.

Pero nosotros, rindiendo culto a la verdad, diremos que la verdadera razón no confesada, de esta inquina sacerdotal, era que el fervoroso varón se sentía humillado y molesto al ver cómo un mediquillo advenedizo, ayuno en Teología y sagrados cánones se intrusaba descaradamente en los dominios espirituales, tirando a inutilizar una de las altas y trascendentales funciones de su augusto ministerio: la purificación de las conciencias y la enmienda de vicios y pecados.

Por fortuna, la exquisita cortesía del doctor, quien, lleno de afabilidad y tolerancia, discutía amistosamente con todos; el resuelto apoyo de los ediles y padres de familia; el fervor casi religioso de las mujeres, y singularmente lo demostrativo y brillante de las experiencias, aplacaron progresivamente la irritación de los ánimos e impusieron silencio a las conciencias meticulosas. Además, Mirahonda, sabedor del origen y finalidad de ciertas campañas, subvencionó con fuerte suma a El *Cimbal de Villabronca*, cuyos desahogados intelectuales pasáronse con armas y bagajes al contrario bando, convirtiéndose en lo sucesivo en tornavoces de los éxitos del doctor y en eficacísimos auxiliares de sus regeneradoras campañas; hizo, sotto voce, donación de algunos miles de pesetas al Comité anarquista local a título de generosa contribución al fondo de huelgas, y, en fin, no olvidó a la iglesia, a la que de cuya inversión y reparto quedó exclusivamente encargado, con facultades omnímodas, el celoso pastor de almas. Con estas y otras habilidades, si no consiguió persuadir enteramente a los recalcitrantes, logró hacerlos callar, que era cuanto Mirahonda deseaba.

III

Había llegado el día de la suprema experiencia. Durante la mañana los ayudantes y la esposa del doctor dispusieron con diligente esmero la *mise en scéne*: la mesa con los instrumentos antisépticos, las jeringuillas de Pravaz, la misteriosa redoma donde se guardaba el filtro mágico, un biombo chinesco destinado a resguardar de las miradas profanas el brazo de las damas extremadamente pudibundas, vendajes y otros medios auxiliares de las curas para la eventualidad poco probable de ligera hemorragia o excesivo escozor. Nada escapó a la previsión de Mirahonda, quien, para fortalecer la acción sugestiva del experimento psicológico, pidió y logró que éste se verificase en el salón de las casas consistoriales, bajo la presidencia del alcalde, el párroco y las personas más distinguidas de la villa. Y como para mover la voluntad no está nunca de más alegrar un poco el estómago, cierto acreditado repostero de Madrid, llamado expresamente al efecto, dispuso en las oficinas de la Secretaría, anexas al salón de vacunación, un bien servido y espléndido lunch. Por último, de amenizar los entreactos se encargó la charanga del Hospicio, ejecutando trozos escogidos de música grave, solemne, monótona y adormecedora...

Más, antes de referir el resultado de la memorable vacunación moral, fuerza es aclarar algunas dudas que seguramente habrán asaltado la mente del lector. Para disiparlas por completo permítasenos reproducir un sustancioso diálogo de sobremesa, sostenido minutos antes de dar comienzo a las regeneradoras inyecciones, entre el eximio doctor y su tierna y un tanto escamada esposa:

—Estoy contento, satisfechísimo de mi obra —dijo Mirahonda, acariciándose sus apostólicas y borrascosas barbas—. Hoy vamos, por fin, a recoger el fruto de dos años de siembra fecunda y de constante laboreo...

—Motivo tienes, en efecto, para alegrarte; también yo, colaboradora a mi manera en tus trascendentales investigaciones, me siento dichosa. Soy feliz porque tú lo eres; pero, además, tengo una razón personal reservadísima para regocijarme...

—¡Adivino! ¡Oh las mujeres! ¡Sois siempre las mismas!... ¡Venir ahora, con una pequeña historia de celos, a arrancarme del cielo de mis triunfos científicos!... Para vosotras, fervientes adoradoras de lo particular, de lo individual, ¿qué son la Humanidad, la ciencia, la gloria misma, ante la menuda satisfacción de la vanidad o del amor propio?

—Te equivocas. También adoro la gloria; pero, ¡bien lo sabes!, mi gloria principal eres tú. Tan grande es tu imagen en mi alma, que apenas columbro la Humanidad. Además, mi sentimiento compensa tu inteligencia. Tú eres la fuerza centrífuga; yo, la centrípeta. Gracias a mí, tus facultades soberanas, que libres se desatarían en un altruismo loco, son encauzadas hacia el hogar y aprovechadas para el saludable egoísmo de nuestra mutua conservación y felicidad... Y lo que calificas desdeñosamente de miserable satisfacción de la vanidad y del amor propio no es sino la alegría de conservar tu amor... ¡Atrévete a detestar este egoísmo!

—Querida Roschen, permíteme que te diga, aceptando tu punto de vista personal, que esa íntima fruición a que aludes (por cierto harto semejante a sabrosa venganza) se justificaría si la grandiosa experiencia de esta tarde viniera a interrumpir complacencias o debilidades pecaminosas; pero ¿tienes, por ventura, algo que reprochar a tu marido?

—No. Temo únicamente por el futuro. Perdona mis celos: comprendo que me hacen ridícula..., atrozmente antipática; pero no puedo remediarlo. Voy a serte sincera. ¿Quién me garantiza que alguna de esas ardientes y hermosísimas morenas que desfallecen de amor en tu presencia (la mujer del registrador, por ejemplo, que se finge histérica para verte diariamente, y la cual no ha perdido ninguna de tus conferencias, oídas con místico arrobamiento) no llegue al fin a impresionarte y robarme tu cariño?

—Cálmate, hija mía —repuso dulcemente el doctor, cogiendo amorosamente una de las manos de Roschen—. Eso no ocurrirá jamás, bien lo sabes. Arden en mí dos grandes pasiones: la gloria y tú; para una tercera no me restan ni corazón ni cerebro... Pero hablemos de otra cosa... Comentemos el próximo y trascendental acontecimiento. ¿No es verdad que hemos preparado hábilmente la carnaza? Sin duda morderá el pueblo entero.

—Tienes razón. Fuerza es confesar que te has mostrado previsor y obstinado y no has regateado ningún medio conducente a tu propósito... Pero vas a permitirme una pregunta. No comprendo cómo Mirahonda, hipnotizador extraordinario, presidente de la Sociedad de Estudios Psíquicos de Leipzig, inventor afortunado de nuevos y eficacísimos procedimientos de magnetismo animal, sugestionador capaz de producir en estado vigil a personas absolutamente sanas toda suerte de fenómenos nerviosos...; no concibo, repito, cómo ha renunciado, en este caso particular, a su método habitual y recurrido a una inocente superchería.

—Querida, ¿olvidas que la experiencia moral que nos ocupa en este momento es extraordinaria y harto más difícil que las triviales prácticas de hipnosis individual con fines terapéuticos? Ya conoces perfectamente mis ideas filosóficas y pedagógicas. Mil veces he declarado que si el cerebro humano, en vez de desenvolverse en esa tibia, movediza y frívola atmósfera moral formada por borrosas y contradictorias sugestiones de padres, maestros y amigos, se desarrollara en un austero ambiente psicológico, fuertemente recargado de autoridad; si el modelamiento definitivo de los centros del pensamiento se realizara, de modo autocrático, por hábiles y enérgicos hipnotizadores encargados del doble cometido de limpiar la herrumbre de la herencia y la rutina y de imponer ideas y sentimientos conformes con los fines de la sociedad y de la civilización..., amenguarían rápidamente todas las lacerias que atormentan la miserable raza humana (la holganza y el vicio, la cobardía y la crueldad, el egoísmo y el delito), y el proceso de la redención física y moral de nuestra especie habría dado un paso de gigante. Para lograr tan brillante resultado fuera preciso que férreos profesores de energía emprendieran desde la niñez la labor de atrofiar las esferas cerebrales de los instintos antisociales compartidos con la más baja animalidad, hipertrofiando, por compensación, los focos inhibidores y los órganos encargados de evocar las imágenes de la virtud y del deber... Amor a la patria hasta el sacrificio, pasión por la ciencia y la verdad hasta la locura, inclinación a la virtud hasta el martirio: tales son las sugestiones conducentes a fabricar el hombre perfecto, modernísimo, preciado fruto de la educación científica, invencible en la guerra y en la paz, piadoso civilizador de razas inferiores y glorioso escudriñador de todos los arcanos... Nuestra actual experiencia no representa, fuerza es confesarlo, más que un ensayo mezquino (dado que debemos actuar pasada la fase educativa y limitarnos a la inhibición de los malos instintos) de este grandioso sistema de transformación humana. Así y todo, sus resultados serán precisos para la teoría hipnopedagógica y constituirán el primer jalón plantado en esta fecunda y luminosa vía...

—Pero, arrebatado por tu generoso entusiasmo, no me has explicado aún el principio en que se basa tu nuevo procedimiento de educar la voluntad.

—Es verdad..., me olvidaba. Ello es cosa llanísima. Atiende bien: en una reunión de cien personas, reunidas al azar, solo catorce o dieciséis son hipnotizables y susceptibles de sufrir, previa sugestión, amnesias, parálisis, contracturas, mutaciones emocionantes, alucinaciones, etcétera. Un hipnólogo de gran prestigio que sepa herir vivamente la imaginación del público ampliará esta cifra hasta el veinticuatro, quizá hasta el treinta, pero, a pesar de todos sus esfuerzos, le quedará todavía un setenta por ciento de gentes distraídas, despreocupadas, refractarias a la creencia en lo maravilloso y, por tanto, irreducibles a la sugestión. Ahora bien: en una población grande, como Villabronca, y tratándose de una sugestión colectiva, sin acción de presencia, el número de refractarios será muchísimo mayor. Y, sin embargo, para que el éxito corone nuestra empresa, es de toda necesidad la conquista de las cabezas fuertes, de esas que alardean de creer únicamente en Dios y en la ciencia. Menester es, por tanto, alejar de esos cerebros rebeldes la idea de una acción taumatúrgica o magnética (que despertaría inmediatamente el sentido crítico) y disfrazar hábilmente la sugestión con la capa de la santidad o del genio. De este modo la imposición se acepta, porque se ignora que lo sea. Y el inocente público cae en la singular ilusión de achacar al sabio o al santo un fenómeno obrado por su propia imaginación. Y llego ahora a la justificación de la superchería, que tanto excita tu curiosidad. Entre los varios modos de dorar la píldora sugestiva y de adormecer el sentido crítico, ninguno tan eficaz como el asociar la sugestión al acto banal de tomar una medicina o de ingerir un suero terapéutico. Si el prestigio científico del doctor es grande, despístase la razón del sujeto que, obedeciendo a natural y lógico impulso, clasifica inmediatamente el fenómeno misterioso en el orden de los que conoce. En el caso actual, nuestro *esprit fort*, sabedor de que existen sueros antitóxicos contra la difteria, el tétanos, etcétera, ¿cómo no ha de persuadirse de la realidad del suero antipasional, sobre todo si ha visto por sus propios ojos gentes radicalmente curadas con unas gotas del mismo? Por donde se infiere que el auxiliar más eficaz del ortopedista mental es la crasa ignorancia del vulgo acerca del poder soberano de la sugestión, las múltiples formas que esta reviste y la deplorable facilidad con que el cerebro mejor construido acepta sin crítica cualquier dogma, por absurdo que sea, impuesto por el talento, el genio o la santidad.

—Según eso, ¿hasta las cabezas mejor organizadas, serenas y reflexivas serían accesibles a la acción sugestiva?

—¡Quién lo duda!... Pero con la condición de que el hipnotizador sepa eclipsarse detrás del hombre de ciencia y provocar fenómenos que traspasen el círculo de los hechos naturales conocidos por los espíritus d'élite. Por fortuna, esto no es difícil. Educados en el erróneo dogma del libre albedrío, creemos casi todos que las condiciones religiosas, filosóficas o políticas representan construcciones lógicas erigidas por la razón, cuando, según es bien notorio, no son otra cosa que el fruto de la imposición, sin pruebas, de inconscientes sugestionadores religiosos, pedagógicos y políticos... Pero, hija mía, con nuestras divagaciones hemos olvidado la obligación... Son las dos... Partamos...

IV

La función —llamémosla así— se efectuó a la hora prefijada y en medio del mayor orden.

Con gran expectación del público abrióse la sesión con una breve y discreta alocución del alcalde; siguió después un discurso elocuentísimo, fogoso, soberanamente subyugador, de Mirahonda, quien, apartando modestias y remilgos retóricos, impropios de su misión evangélica, se declaró inspirado por Dios en el portentoso hallazgo de la vacuna antipasional, llamada a redimir a la especie humana de su degradación física y moral; ejecutó luego la charanga una marcha solemne henchida de cadencias reposadas y melancólicas, y, en fin, procedióse a la vacunación, comenzando, según prescribe la cortesía al uso, por la aristocracia de la sangre, del talento y del dinero.

La operación se llevó a efecto sin accidentes y en medio del más religioso recogimiento. El primer día fue inoculada algo más de la tercera parte de la población de uno y otro sexo comprendida en el bando municipal; en los siguientes inyectóse el resto, salvo una novena o décima parte, que pretextó enfermedad o ausencia, a fin de sustraerse a los efectos sedantes del referido suero y monopolizar, por consiguiente, vicios y picardías.

Sumiso y dócil el bello sexo en estado de merecer, acudió bullicioso a la comunión de la virtud, sacrificando en aras de la concordia y de la paz de los hogares íntimas satisfacciones de la vanidad y el refinado deleite de la coquetería y del flirteo. Menos entusiásticas las casadas frívolas adivinábase fácilmente en el temblor nervioso con que acogían la jeringuilla su repugnancia a encadenar acaso para siempre, un corazón caprichoso y tornadizo.

La traviesa y provocativa mujer del registrador, que, según dejamos dicho, había tenido la desgracia de enojar y encelar a madame de Mirahonda, abandonó también su sonrosado cutis al brazo secular de la ciencia, bien es verdad que a regañadientes. Si de ella hubiera dependido, se habría quedado muy a gusto en la orilla; pero no se lo consintió el adusto consorte, harto escamado del fervoroso entusiasmo de su cara mitad hacia el famoso doctor.

En el grupo de vacunadores trafagosos destacaba la arrogante figura de madame de Mirahonda, cubierta la rubia cabellera por blanquísima cofia y envuelto el flexible talle en elegante y antiséptico guardapolvo. Ella era la encargada de inocular el suero a las señoras y señoritas más distinguidas y remilgadas, y, a fuer de previsora y sabia intérprete de los designios de Mirahonda, graduaba la cantidad del licor..., al parecer, en proporción con la robustez de las clientes, pero en realidad en armonía con lo peligroso de las femeninas seducciones.

Excusado es decir que la pizpireta registradora recibió, con gran contentamiento de su marido, dosis doblada.

Fiel a su método, nuestro doctor reforzaba la influencia sugestiva, encomiando, con acento de profunda convicción, las maravillosas virtudes de la vacuna y prometiendo a todos, sin perjuicio de la salud más robusta y de la plena y libre satisfacción de los instintos saludables, la inhibición, es decir, el reposo inalterable de los impulsos pasionales, la renuncia definitiva a las ideas tentadoras, y, en fin, el perdurable olvido de todo estímulo moral criminoso y anticristiano. Para cada caso sabía variar la fórmula sugestiva en relación con la historia y pasiones dominantes del cliente. Y de cuando en cuando un grupo de mansos, es decir, de regenerados, cruzaba casualmente, con ademán contrito y expresión seráfica, por entre las filas de los candidatos a la virtud, subrayando la imperativa elocuencia del doctor y decidiendo a los desconfiados e irresolutos.

El experimento salió a pedir de boca. Un huracán de virtud, una locura sublime semejante a la que siglos atrás llevó a los hombres a morir por la cruz, estremeció los corazones villabronqueses, penetrando hasta en los recónditos tugurios del vicio y del pecado. Por todos lados asomaban, tocados, al parecer, de sincero remordimiento, golfos y calaveras, borrachos y jugadores. Nadie quería pasar plaza de vicioso incorregible.

La escena final del último día fue grandiosamente conmovedora. Un grupo de hermosas pecadoras, arrastradas por el contagio general, avanzaron resueltamente hacia el estrado y rindieron el suave cutis, todavía manchado por coloretes y aromatizado por los acres perfumes de la víspera, a la redentora jeringuilla de la ciencia..., ¡entre el asombro y aplauso de la concurrencia, que no daba crédito a sus ojos!

V

Estupendos fueron los resultados de la vacuna moral, excediendo los cálculos más optimistas. Cesó enteramente la criminalidad; huidos para siempre parecían el vicio, la codicia y la deshonestidad. Las tabernas, antes vivero de borrachos y hervidero de pendencias, semejaban ahora apacibles y saludables comedores, en los cuales hallaban los jornaleros alimento reparador y sobrios refrigerios. Febril, ansiosamente, como en combate enardecido por la conquista del bienestar, se trabajaba en las campiñas, fábricas y obradores. Reinaron en los hogares el orden y la economía, con sus naturales frutos, la salud, la alegría y el sentimiento artístico. Cerráronse a cal y canto timbas y lupanares. Jamás se remontó más cerca del cielo el penacho de humo de la fábrica ni resonó más recio y ensordecedor el sublime himno al trabajo vivificador en graves y augustos acentos cantado por dínamos y locomóviles.

No menos grandes fueron los progresos en la esfera del sentimiento. Purificóse el amor. El hogar, antes frío por la ausencia del padre y el egoísmo de los hijos, convirtióse en delicioso nido, donde aleteaban mirando al cielo la fidelidad y candor. ¡Era la Edad de Oro, que retornaba a la vieja y gastada tierra, trayendo, no la ñoña y ruda sencillez del hombre primitivo, sino la amarga, pero sabia y fecunda experiencia del hijo pródigo!

VI

Habían transcurrido tres meses más de la memorable experiencia. Las autoridades locales, así como la Policía, estaban encantadas de una tranquilidad que les permitía dormir a pierna suelta. Y, con todo eso, en medio de aquel sosiego y bienandanza, no faltaron espíritus cavilosos y descontentadizos que se mostraron inquietos por el porvenir. Aquella paz octaviana los asustaba. Temían que los habitantes de Villabronca hubiesen sido transformados en autómatas, en máquinas morales, incapaces de sentir el estímulo del pecado, pero impotentes también para los grandes arranques de la generosidad y del patriotismo.

Poco tiempo después la vida comenzó a ser harto uniforme y aburrida. Algunos estudiantes y militares llegados de la corte a principios de la canícula, deploraron amargamente tan desoladora atonía. En vano pedían amores, más o menos irregulares, a solteras y casadas. ¡Cuánto echaban de menos la antigua y graciosa coquetería, tan rica en dulces promesas y en sabrosos peligros!

Fieles ahora a sus sagradas obligaciones, las casadas bellas y jóvenes, más seductoras que nunca gracias al irresistible atractivo del pudor, desesperaban a los ricachones y calaverones no vacunados, cuya única profesión y razón de existencia fue siempre la galantería. Abolida en las tertulias la chismografía, sobrevino el hastío. El género chico hacía dormir en el teatro de verano a unos cuantos viejos caducos, solitarios devotos de Talía y de Terpsícore. Cesó en los cafés el encanto de la conversación, porque huyeron de los corrillos y cenáculos la envidia y maledicencia. Viose entonces cuán difícil es hacer reír sin molestar, quedando patente que los tenidos por ocurrentes y graciosos no eran en puridad sino unos desahogados: en cuanto no pudieron herir, hicieron bostezar...

* * *

Transcurrieron dos meses más. Las quejas tímidamente apuntadas por los descontentos se convirtieron en descaradas protestas. Por cada día la nube del enojo se cargaba de electricidad, amenazando estallar ruidosamente.

Los hombres de orden, o, por mejor decir, los que viven del orden, comenzaron a trinar contra un estado de cosas que amenazaba, según ellos, conmover los cimientos de la sociedad y la estabilidad de sus estómagos. Lamentábanse los caciques, así republicanos como monárquicos, de la indiferencia de las masas, y entreveían, llenos de pavor, días aciagos en que ellos, los paternales y previsores caudillos del pueblo, tendrían que trabajar para comer. Sin vicios y sin malas pasiones, con salud, economía y trabajo, ¿qué les importaba a los villabronqueses de credos políticos salvadores y panaceas sociológicas infalibles?

Sin embargo, hasta entonces las quejas y murmuraciones no trascendieron a la Prensa ni al púlpito. La protesta pública, con escándalo y ruido, iniciola el párroco (del cual se recordará que declinó la vacuna y se dignó solamente autorizarla con su presencia), quien, en un fogoso y altisonante sermón, fulminó terribles anatemas contra el doctor. A la verdad, motivo tenía para indignarse al contemplar cómo se había entibiado el fervor religioso de sus feligreses, cómo de día en día eran menos frecuentados los sacramentos y las ceremonias del culto. El mismo desconsolador descenso acusaban mandas piadosas y esos generosos auxilios consagrados por la devoción al adorno de los altares y al esplendor y decoro de las fiestas religiosas. Una vez más se confirmó que el pueblo solo se acuerda de Santa Bárbara cuando truena. ¿Para qué pedir a Dios lo que el trabajo y la sobriedad proporcionaban? Por otra parte, el exceso de bodas no compensaba la merma de los entierros y de los derechos de pie de altar. Si las cosas seguían por este camino, llegarían tiempos nefastos en los cuales el rebaño emancipado del dogma se pasaría sin pastor...

Aunque no se diese cuenta cabal del mecanismo psicológico de su odio, ello es que el santo varón odiaba cordialmente a Mirahonda, el audaz revolucionario. Era, sin duda, parte a esta aversión la desconsoladora ruina de las temporalidades, pero entraban, además, en juego más hondas causas. Quizá la voz secreta del instinto le decía que el exótico doctor era el apóstol de una religión rival que venía a robarle, en nombre de no sé qué privilegios de la ciencia profana, el monopolio de las conciencias. Y el instinto no le engañaba. ¡Ah, sí el párroco hubiera leído las revistas psicológicas e hipnológicas! Si por acaso conociera las obras de Mirahonda, publicadas en Archivos y Centralblats, ¡a qué extremos de indignación habría llegado en sus excomuniones!... Porque Mirahonda era precisamente autor de un célebre libro titulado La sugestión religieuse et politique, en el cual presentaba a los sacerdotes como sugestionadores de absurdos dogmas y de prácticas fetichistas groseras, para cuya imposición recurrían, entre otros medios auxiliares, al terror del infierno, a los deliquios de la gloria, a la fastuosidad del culto, a la misteriosa penumbra de la iglesia, a la monotonía adormecedora del rito y a los lánguidos acordes del órgano. Según la teoría de nuestro doctor, la sugestión religiosa obraba provocando en el cerebro la impresión profunda de la fórmula dogmática y atrofiando todas las vías de asociación circunvecinas, de las cuales se sirve precisamente el sentido crítico. Para Mirahonda, el dogma religioso filosófico viene a ser un cantón ideal hermético, absolutamente desligado de los principios de la razón y de los datos de la experiencia; algo así cual bloque errático, arrastrado a la llanura por colosal y prehistórico glaciar y sin relación ninguna con el sistema orográfico y petrográfico del país. Limpiar las circunvoluciones cerebrales de tan gigantescos monolitos que interrumpen el curso del pensamiento y esterilizan la labor reflexiva, debe constituir, según el citado reformador, la principal preocupación del pedagogo.

Pero volvamos a los volubles feligreses del párroco, entre los cuales no cundía menos el descontento, aunque por motivos harto más terrenales y groseros. Algunos picapleitos, a quienes el doctor olvidó subvencionar, ponían el grito en el cielo al ver que durante un año no había ocurrido en el término ni una estafa, ni un homicidio misterioso, ni un miserable pleito de pan llevar. Desolado y echando pestes de Mirahonda, recorrió el diputado del distrito figones y tabernas, fábricas y campiñas. Según costumbre, no anduvo parco en promesas: supresión de las quintas, abolición del impuesto de consumos, construcción de no sé cuántos puentes, carreteras y pantanos...; pero nadie le hizo caso. ¡Aquello era horrible!

Los comerciantes de artículos de lujo advirtieron con terror creciente baja en los ingresos. A ojos vistas arruinábanse joyerías y sederías. Cerrado el camino de la corrupción de solteras y casadas, ¿quién había de comprar ajorcas, anillos y pendientes? Sin culto la envidia y la vanidad, ¿a qué la seda, las plumas y cintajos? Como notas chillonas destacaban en aquel coro de descontintos las amargas quejas de los libertinos, inconsolables al verse obligados a llevar, en plena juventud y lozanía, morigerada vida de cuartel. Eran tanto más dolorosas sus forzadas abstinencias, cuanto que las sacerdotisas de Afrodita habían abandonado el culto y refugiándose en la santa y regeneradora religión del trabajo.

Entre los impertinentes corruptores de esta ralea señalábanse particularmente dos: un capitán de la reserva, vanamente empeñado en resucitar el amor con que la casquivana mujer del síndico en pasados tiempos le regalara, y cierto mayorazgo, petimetre sensual y degradado, que entraba en frenesí al verse desdeñado de infelices domésticas, sobre las cuales había ejercido a mansalva el histórico y sabroso derecho de pernada.

¡Quién lo diría! Hasta las personas más rígidas y de probidad más acrisolada se sentían inquietas y como humilladas al verse privadas de repente de la veneración y respeto que el vicio tributaba a la virtud. En un pueblo de santos, ¿qué podía valer la honradez? En fin: el maestro y el juez, antes acérrimos defensores de Mirahonda y entusiastas del celebérrimo experimento pedagógico, fueron también ganados por los alborotadores y sediciosos.

VII

Al año y medio de la experiencia el clamoreo de los explotadores se extendió a la masa neutra. Acaso el efecto del suero se había en todos debilitado; quizá la bancarrota pudo más que la virtud, y el estómago venció al cerebro. Ello es que la insubordinación se hizo general. En la sorda tempestad que amenazaba la cabeza del doctor sonaban ya apostrofes violentos y relámpagos de ira.

Para evitar posibles atropellos, las autoridades tomaron cartas en el asunto. Hubo junta magna en las casas consistoriales, cambiáronse pareceres, oyéronse pretendidos agravios. Al cabo, el respeto a la ciencia y al prestigio de Mirahonda impuso temperamentos de templanza. Se acordó nombrar una Comisión encargada de rogar al doctor, en nombre de la villa y su cabildo, deshiciese aquel angustioso encanto, aquella desconsoladora parálisis, devolviendo al pueblo, dormido para el pecado, el pleno goce de su albedrío y, por ende, la libre expansión y ejercicio de sus malos instintos.

Al ruego debía acompañar una instancia, cuyo texto, escrito en lenguaje nada burocrático, remataba con estos párrafos, henchidos de calurosa sinceridad:

Moveos a compasión. Apartad de nuestras almas esas

odiosas anteojeras que no nos permiten contemplar sino el recto y polvoriento camino del deber. Poned en los adormecidos ojos de nuestras mujeres un poco de gracia y de lascivia. Haced agradable la vida, amenizándola con la envidia y los celos, la vanidad y la soberbia, la insolencia y el crimen. Devolvednos el dolor, estímulo de la ciencia y acicate del progreso. Infundid en este limbo gris y silencioso, donde el hastío nos enerva, una chispa del espíritu de Lucifer, con una ráfaga del aliento de Dios. Lograremos así que la virtud tenga precio, la religión culto y pan y bienestar, sobre todo, los infelices manirrotos, que, cual las setas, engordamos sin fatiga en la podredumbre, es decir, explotando las ignorancias, demasías y locuras del rebaño humano...

Ante semejante unanimidad de pareceres, Mirahonda, reconociendo, por el estado de los ánimos, ser imposible una segunda vacunación, cedió, y cedió sin pena, casi con alegría, porque presumió que si la experiencia pasada había sido interesantísima, no le iría en zaga la nueva, es decir, el acto de la contrasugestión, el cual iba a aflojar de repente y sin transición todos los frenos que durante más de un año habían sujetado las conciencias.

Decidido, pues, a llevar su experimento psíquico hasta las últimas consecuencias, convocó junta de notables y les habló de esta manera:

—Deferente a vuestro ruego, y en vista de que, contra todas las previsiones, el orden, la salud y la virtud os son al presente intolerables, voy a suspender radicalmente los efectos (un tanto debilitados ya en algunos temperamentos excesivamente fogosos) de mi suero antipasional. Precisamente una felicísima coyuntura me ha permitido descubrir cierta sustancia, la contra-antitoxina pasional, que neutraliza por completo el principio activo del mencionado remedio, retrotrayendo el cerebro exactamente a las mismas condiciones anatomofisiológicas de las cabezas no vacunadas.

Y presentando un frasco lleno de un licor transparente, añadió, con el acento de la más profunda; certidumbre:

—He aquí el precioso elixir. Todo el que beba un centímetro cúbico de él recobrará antes de diez minutos su primitivo ser y estado.

Mas antes de poner a vuestra disposición el misterioso filtro vivificador de las pasiones, no debo disimular un vaticinio moral poco lisonjero. La antigua antitoxina o panacea ética no destruye los centros encefálicos donde el alma evoca las imágenes pecaminosas y saborea por anticipado la tentadora fruición del placer prohibido; limitase, no más, a dejar sin efecto las representaciones y codicias malsanas, inhabilitando, digámoslo así, las vías nerviosas que asocian las esferas de evocación del pecado antisocial con los focos motores encargados de su ejecución.

Semejantes vías, entorpecidas en los villabronqueses por larga inacción, quedarán ahora llanas, expeditas, ansiosas de reivindicación y desquite...

Temed, por tanto, que la carga atrasada de apetitos no satisfechos, de imágenes de actos más o menos reprobables refrenados, alcance de súbito tensión tal, que sea poderosa a romper todos los salvadores diques levantados en la conciencia por la dignidad, la religión y la ley...

Al tener el sentimiento de anunciaros como probable un desbordamiento general de las pasiones, descargo mi conciencia profesional de un peso agobiador y correspondo lealmente a la hidalga confianza que todos vosotros, patricios y proletarios, poderosos y humildes, depositasteis en mí al someteros, llenos de fervor y entusiasmo, a los efectos de la regeneradora vacuna moral. Apercibid, pues, sin demora, vosotros los que ejercéis autoridad, esos llamados «resortes de gobierno»; aumentad y disciplinad la fuerza pública, enervada y enmohecida por inacción prolongada. Acaso con tales previsoras medidas podáis garantizar todavía el sosiego público, la honorabilidad del hogar y el respeto de la ley. Pero si, según yo recelo, no conseguís restablecer la normalidad de la vida, se desvanecería de mi conciencia un escrúpulo inquietante. Yo os debo algo..., algo que no he pagado aún. Yo estoy obligado a restituir lo perdido a todas aquellas profesiones sociales que, por triste e implacable destino, asocian su bienestar al desorden, al vicio o al delito. Afortunadamente, el próximo desenfreno me permitirá saldar con usura deuda tan sagrada... ¡Quiera Dios que no os arrepintáis!

Acto continuo los ayudantes del doctor dispusieron sobre las mesas grandes matraces llenos del misterioso licor. Como se ha dicho, bastaba beber media copa de él para sentir el ánimo limpio de toda sugestión moralizadora.

Excusado es decir que los asistentes, incluso el alcalde, sordos a las lúgubres profecías del doctor, se abalanzaron sedientos a los garrafones y saborearon con infinita codicia aquel filtro pasional que prometía la punzante dulzura del fruto prohibido. Agotados pronto los matraces, hubo que poner otros. Pero como la demanda del licor del mal crecía por momentos, estableciose una sucursal o expendeduría en la plaza pública, custodiada por guardias. En procesión interminable desfilaron ante ella los fervorosos devotos de Baco, de Venus y de Mercurio. En bandadas y atropellándose acudían las mujeres, y pudo verse cómo la esposa del registrador, la del síndico y muchas señoritas tan distinguidas como desocupadas forzaban la dosis bebiendo, en su sed de pecar, no a copas, sino a vasos.

Afortunadamente, la milagrosa medicina resultaba económica. ¡Como que era agua clara! Y no ocurriendo desórdenes ni atropellos, gracias a los guardias, que regularon severamente el turno en la impaciente e interminable cola...

VIII

Conforme había previsto Mirahonda, tocáronse luego las tristes consecuencias de la imprudente contrasugestión. Comprimidas un año, estallaron violentamente las pasiones. Exhibióse el vicio con inaudito descaro y vergüenza. Durante un mes, los habitantes de Villabronca vivieron en plena bacanal. Vertiginosamente corrió el reloj de la pasión, sonando la hora fatal de la caída casi simultáneamente en todas las flacas voluntades.

Para que se forme idea del desenfreno y relajación reinantes, citemos algunos ejemplos: la esposa del síndico, sorda durante un año a la tentadora sugestión del capitán, se abandonó al impudor con tal descoco, que la intriga fue rápidamente descubierta, y el candoroso marido se vio en la necesidad de encerrar a su liviana mitad en un convento de arrepentidas. A su Vez, desfallecida de amor y de impaciencia, la casquivana esposa del registrador escribió a Mirahonda ardiente y voluptuosa carta pidiéndole una cita. Con general sorpresa se supo que la casera del cura, robusta y frescachona aldeana, se había escapado con el sacristán, quien, para preparar la fuga y ponerse a buen recaudo, limpió en una hora los cepillos de las ánimas, vendió de una vez el aceite de las lámparas y arrebató inestimables joyas largamente codiciadas. Proponiendo negocios inverosímiles a cuantos encontraban, corrían por las calles, como llevados del diablo, los usureros. Las señoritas honradas eran atropelladas a la vista del público por cuadrillas de libertinos enfurecidos y enajenados por la lujuria. Coqueta hubo que cambió en una semana siete veces de traje y de sombrero, derrochó un dineral en afeites, flores, joyas y cintados. En las tabernas, abiertas ahora toda la noche, hormigueaban borrachos y camorristas. Solamente en tres días ocurrieron cuatro asesinatos, diez heridos graves y una infinidad de ataques a la propiedad. Todos los atrasos del amor, todas las deudas del odio, de la vanidad, de la envidia y hasta de la pasión política fueron saldadas en un momento, con escándalo de las personas honradas, que huían en tropel de la ciudad envenenada.

IX

Aquella locura que se apoderó de Villabronca se iba haciendo tan agresiva y amenazadora, que el doctor Mirahonda, temiendo un serio disgusto, huyó a uña de caballo, llevándose consigo a su mujer, salvados los más importantes efectos e instrumentos científicos.

Y en la Memoria que meses después, sosegado el espíritu, escribía el sabio doctor con destino a la Zeitschriff für Hipnotismus, de Berlín, consignó, a guisa de conclusión, estas interesantes declaraciones:

En resumen: la posibilidad de reeducar al pueblo mediante la sugestión, es un hecho firmemente establecido. El mandato imperativo del médico cuando acierta a rodearse de los altos prestigios de la ciencia y de la piedad generosa, suspende o debilita la acción de los estímulos pecaminosos, otorgando a la razón, en los conflictos de conciencia, fácil y decisiva victoria. Abrigamos la seguridad de que, si nos hubiera sido dable revacunar, es decir, renovar cada dos o tres meses la acción sugestiva, acentuándola enérgicamente sobre las voluntades más rebeldes, el éxito hubiera sido completo y permanente.

No considero, por tanto, irrealizable utopía el logro de una ortopedia mental capaz de corregir las aberraciones fundacionales del cerebro; al contrario, juzgo posible que, desvanecidos ciertos prejuicios, la fisiología, asistida por los métodos de la hipnología psicofísica y pedagogía científica, aniquile o reduzca a un mínimo despreciable los impulsos antisociales, inaugurando una era de paz y de relativa bienaventuranza.

Soy incapaz, empero, de disimular una torturante duda que me asalta. Demuestran mis experiencias la posibilidad de abolir la delincuencia y de imponer, sin luchas ni protestas, resignación a la miseria y al trabajo y robusta disciplina social. Más semejante estado de cosas, ¿es conveniente al progreso? ¿Estamos seguros de que la finalidad de la raza humana consiste en vegetar indefinidamente en el sosiego y la mediocridad? La suavidad y armonía de las relaciones sociales, ¿no acabarían por forjar una Humanidad estática y rutinaria, linfática y anodina, ahíta de fórmulas y precedentes, incapaz de todo punto para las vibrantes luchas de la civilización? La supresión del mal, ¿no implicaría quizá el mayor de los males?

Un poco de dolor y miseria social parece indispensable; templa los caracteres, aguza el entendimiento, destierra la molicie, crea el heroísmo y la grandeza de alma, mejora, en fin, moral y físicamente la raza humana.

También es provechosa la injusticia. Ella ha sido el buril modelador de las instituciones políticas progresivas. Sin la crueldad e injusticia de los fuertes, el hombre no habría pasado del período de la tribu y del estado de naturaleza. Hasta los grandes crímenes históricos han servido a la causa del progreso. Nadie ignora que la instauración de la gloriosa y civilizadora república romana debióse a la lascivia de un rey. Los irritantes abusos e injustos privilegios de la nobleza francesa trajéronnos el reconocimiento de los derechos del hombre y la emancipación del pueblo. ¿Sin el tráfico inmoral de las indulgencias y la locura artística de un Papa, hubieran surgido el protestantismo y el libre examen, padre fecundo del renacimiento filosófico, literario y científico? Por ventura, las hogueras de la Inquisición ¿no iluminaron la conciencia humana? En una palabra: el héroe, el santo y el sabio, las flores más exquisitas de la voluntad, ¿abrirían su cáliz fuera del punzante espectáculo de la miseria y en el ambiente gris y tibio de la paz, de la molicie y de la abundancia?

Todo hace creer que el dolor, la pobreza y la injusticia son leyes inexorables de la vida, íntimos resortes de la ascensión progresiva del espíritu a las cimas del ideal. Y de presumir es que la lucha de clases continúe siglos y siglos, aun cuando los pueblos iluminados por la caridad y la ciencia, lleguen a regular, sabia y prudentemente, la producción y la natalidad, dos trascendentalísimas funciones sociales hasta hoy abandonadas al azar y responsables, según es notorio, de la mitad, por lo menos, de las miserias, delitos y crímenes.

Puesto que, según resulta de lo expuesto y corrobora mi experiencia de hipnosis social, no es conveniente, desde el punto de vista del progreso, la supresión de la injusticia y del delito, ¿cuál será, en la rigurosa lucha a que la Humanidad vive condenada, el papel de la ciencia?

La ciencia tiene el deber de suavizar la rigurosa contienda, de humanizarla de suerte que desaparezcan para siempre la sangre y el dolor. El palenque de la lucha cambiará: de las calles y campos pasará a la fábrica, al laboratorio del sabio y al gabinete del sociólogo. Ciertamente, la civilización no evitará nunca en absoluto que el fuerte arrolle al débil; pero conseguirá que el asesino del futuro sea tan impersonal e incoercible, tan dulce y exquisitamente piadoso, que la víctima reciba el golpe de gracia con un gesto de suprema resignación; más aún, con el orgullo sublime del héroe o del santo, porque sabrá que su personal e irremediable sacrificio representa para la especie o la raza un grado superior de altruismo, de prosperidad y de cultura.

Aun entreveo en las azules lejanías del futuro una Humanidad semidivina, cuya soberana razón, indiferente a toda suerte de bajas concupiscencias, gravite hacia la verdad con la impasibilidad de desembarazo del astro hacia el sol...

Cuando lleguen esas esclarecidas edades en las cuales verdugos y víctimas se reconozcan armónicos órganos de un mismo todo vital, la semisugestión misma, hoy practicada en sus modalidades filosófica, política y religiosa habrá desaparecido para siempre. Entonces la raza humana, purificada y sublimada por la ciencia, que habrá descubierto el modo de eliminar las cabezas débiles, salvajes o desquiciadas, comprenderá que el bien es función de la verdad...; que el egoísmo y la delincuencia son lamentables equivocaciones...; que, en fin, la poca felicidad que al hombre le es dado gozar sobre la Tierra representa el fruto de la discreta aplicación a los dominios de la vida de las gloriosas conquistas del espíritu.

Más en tanto alborean tan remotos ideales, mientras las tres cuartas partes de los hombres sean pobres, salvajes, tontos e ignorantes, la semisugestión de la autoridad, de la religión y de la disciplina será indispensable para refrenar y calmar a los desheredados del cerebro o de la fortuna. Así lo ordena la Naturaleza, la cual, atenta a sus primordiales fines evolutivos, odia el desorden, y, puesta a escoger entre dos males, prefiere la organización tiránica a la anarquía libre, y la crueldad conservadora y vigorizante a la piedad indulgente y relajadora.

En resumen: mientras el animal humano sea tan vario y comparta las pasiones de la más baja animalidad, será necesaria, para que el desorden no dañe al progreso, la sugestión política y moral; mas esta sugestión ni deberá ser tan débil que no refrene y contenga a los pobres de espíritu y salvajes de voluntad, ni tan enérgica e imperativa (cual lo sería la sugestión hipnótica) que menoscabe y comprima en lo más mínimo la personalidad ética e intelectual de los impulsores de la civilización.